Politically
correct

JAMES FINN GARNER

Und wenn sie nicht gestorben sind

Gute-Nacht-Geschichten politisch korrekt erzählt

Deutsch von
Gisbert Haefs

Goldmann Verlag

Die amerikanische Originalausgabe
erschien unter dem Titel
»Once Upon A More Enlightened Time«
bei Macmillan, New York

Umwelthinweis:
Dieses Buch und der Schutzumschlag
wurden auf chlorfrei gebleichtem Papier gedruckt.
Die Einschrumpffolie (zum Schutz vor Verschmutzung)
ist aus umweltfreundlicher und recyclingfähiger PE-Folie.

Der Goldmann Verlag
ist ein Unternehmen der Verlagsgruppe Bertelsmann

1. Auflage

Published by arrangement
with the original publisher Macmillan Publishing, USA

Umschlagillustration: Ernst Kahl, »Buckingham Palace«
Vignetten: Tilman Michalski
Satz: Uhl + Massopust, Aalen
Druck: Hofmann-Druck Augsburg GmbH
Printed in Germany
ISBN 3-442-30707-4

Gewidmet Anne Conrad-Antoville,
Erste Cellistin des Symphony
Orchestra von Eureka, Kalifornien,
die Betroffenheit höher stellte als
Kultur und lieber ihre Stellung
aufgab, als *Peter und der Wolf*
aufzuführen, ein Orchesterwerk,
das unsere Nicht-ganz-Erwachsenen
lehrte, Wölfe und andere unzahme Mundraubtiere
zu fürchten
und zu verachten.

Außerdem, weit wichtiger,
für Lies und Nyuji.

Inhalt

Einleitung

Als erstes möchte ich mich aufrichtig für den Erfolg meines letzten Buches entschuldigen. Damit mein rohstoffsüchtiger Verleger und ich die Nachfrage des Handels befriedigen konnten, mußten entsetzlich viele Bäume arglos ihr Leben lassen, was höchstwahrscheinlich zum Treibhauseffekt beitrug, der uns hier auf der Nordhalbkugel einen so ungewöhnlich warmen Winter beschert hat. Deshalb haben wir keine Mühe gescheut, diesen zweiten Band umweltfreundlicher zu machen. Wir haben echte Soja-Tinte verwendet und uns für ein von Humanenergie gespeistes Vertriebssystem auf Fahrradbasis sowie für photobiologisch abbaubares Papier entschieden, das schnell in seine grundlegenden organischen Komponenten zerfällt, wenn man es dem Licht aussetzt oder in der Badewanne liest.

In der Hand halten Sie nun einen weiteren Versuch, die in der »westlichen« »Kultur« beliebten »Kinder«-Geschichten von den Wertungen und Vorurteilen zu reinigen, die in den Original-»Fassungen« ins Kraut schossen. Angefangen mit Äsop und dem von ihm repräsentierten Patriarchat der

Antike habe ich aus einer großen Vielfalt von Erzählungen jene ausgewählt, die sowohl vertraut als auch urheberrechtlich nicht mehr geschützt sind. Leider haben Umfangsprobleme uns abermals gezwungen, »Das Entlein, das gemäß persönlicher Verdienste beurteilt wurde, nicht nach seiner äußeren Erscheinung« wegzulassen. Ich entschuldige mich bei allen Verfechtern Junger-Wassergeflügel-Literatur. Bitte schicken Sie mir weder Briefe noch E-Mail.

Abermals: Sollte ich durch Tätlichkeit oder Unterlassung unabsichtlich irgendeine rassistische, sexistische, kulturalistische, gattungschauvinistische, sozioökonomistische oder sonstige Voreingenommenheit bekundet haben (einschließlich -ismistischer Haarspalterei), bitte ich zerknirscht um Vergebung und harre der Korrektur. Ich bin kein Experte, habe dies auch nie zu sein behauptet. Ich bin lediglich ein Bürger, der sich um die Wirkung der Literatur auf unsere jüngeren Mitmenschen sorgt. Daß ich zur Bekämpfung dieser Einflüsse ein Buch wähle, mag paradoxe Ironie sein (wobei Ironie ja selbst eine der vielen suspekten Haltungen ist, die aus der Welt der Literatur importiert wurden). Es ist aber das Beste, was ich in diesem Stadium meiner persönlichen Entwicklung zu geben vermag. Wenn diese bibliozentrische Entscheidung Anstoß erregen sollte, bitte ich Sie, meine aufgeklärten LeserInnen, mir großmütig zu vergeben.

Politisch korrektes ABC*

A ist der Anstoß – wer sucht, findet... Frust.

B ist betroffen und bio-bewußt.

C war ein Chauvi, frau hat ihn curiert.

D wird als diskriminell denunziert.

E ist Erotik: entsorgt, esoterisch.

F ist frei, Frau, Friede (notfalls chimärisch).

G ist das garstige Grabschen und Glotzen.

H ist hetero, normiert und zum Kotzen.

* Die traditionelle Abfolge der Buchstaben im Alphabet ist natürlich vollkommen willkürlich. Trotz aller archaischen, wettbewerbsfixierten, intellektualistischen Assoziationen ist A als Buchstabe weder besser noch verdienstvoller als X, Y oder Z.

Um jeder Kritik hinsichtlich alphabetischer Voreingenommenheit zu entgehen, habe ich daher mit einem Zufallsgenerator die Buchstaben neu sortiert, ehe ich mich an das vorliegende Alphabet machte. Glauben Sie mir, ich war ebenso überrascht wie alle anderen, als der Zufallsgenerator gegen alle Wahrscheinlichkeit das Alphabet genau in der oben verwendeten Reihenfolge ausspuckte.

I ist ein -ismus, noch nicht voll erschlossen.
J ist die Jagd: Mord an Lebensgenossen.
K ist der Kulti (nur multi und cool).
L ist die Liebe (nur lesbisch und schwul).
M ist Mann, Murks, mieser Unheilserreger.
N ist jetzt Afro, war früher mal Neger.
O ist oft öko-soft und nie im Zweifel.
P ist der Patriarch, hol ihn der Teufel!
Q ist kein Quatsch, so was sagt doch heut keiner.
R sind die Roma – sag bloß nie Zigeuner!
S ist Sexismus, da sieht alles rot.
T ist – ob Tabak, ob Technik – der Tod.
U ist die Umwelt: geschützt, menschenleer.
V ist der wertvolle Vollwert-Verzehr.
W ist ein Witz – wer ihn wagt, muß sich trauen.
X ist Xanthippe, die klügste der Frauen.
Y – Yogi, in Sekten geheckt.
Z ist der Zwitter, geschlechtlich korrekt.

Hänsel und Gretel

Abseits, in einer waldigen Bioregion, stand einst ein kleines, bescheidenes Chalet, und in diesem Chalet wohnte eine kleine, bescheidene Familie. Der Vater war Baumschlächter von Beruf, und er gab sein Bestes, um seine beiden Nicht-ganz-Erwachsenen namens Hänsel und Gretel aufzuziehen.

Die Familie bemühte sich um eine gesunde, vernünftige Lebensweise, aber die unersättliche Gier und die unverantwortliche Energiepolitik des kapitalistischen Systems trugen zu ihrem stetigen Niedergang bei. Alsbald gerieten sie völlig ins ökonomische Abseits und sahen sich außerstande, ihren gewohnten Lebensstil beizubehalten, so kärglich dieser auch gewesen sein mochte. Die spärlichen finanziellen Einkünfte reichten nicht mehr aus, um alle satt zu machen.

Zu seinem Bedauern war nun also der Baumschlächter gezwungen, einen Plan auszuhecken, wie er seine Kinder loswerden konnte. Er beschloß, sie zu seinem Tagewerk tief in den Wald hinein mitzunehmen und sie dort zurückzulassen. Dies zeigt auf traurige Weise, welche Mühsal Alleinerziehende auf sich nehmen müssen, aber er sah nun mal keinen anderen Ausweg.

Als der Vater dieses Vorhaben am Telefon mit seinem Psychiater diskutierte, belauschte Hänsel das Gespräch. Doch statt die zuständigen Behörden zu alarmieren, entwickelte Hänsel einen eigenen Plan, um sich und sein Geschwist zu schützen. Am nächsten Morgen packte der Baumschlächter ein nahrhaftes Mittagsbrot für sie alle in wiederverwendbare Behälter, und sie brachen auf. Hänsel hatte die Taschen jedoch mit Vollkorn-Haferflokken vollgestopft, und als sie tiefer und tiefer in den Wald gingen, streute er davon reichlich auf den Weg, um die Strecke zu markieren.

Auf einer Lichtung tief im Walde hielt der Baumschlächter schließlich an und sagte zu Hänsel und Gretel: »Ihr zwei Nicht-ganz-Erwachsenen wartet hier. Ich seh mich nach ein paar Bäumen um, die geschlagen werden müssen. Wenn ich genug Zeit habe, versuche ich, diese Naturerfahrung auch gleich dafür zu nutzen, etwas über meine primitive maskuline Psyche in Erfahrung zu bringen. Ich bin bald wieder zurück.« Er gab den Kindern ihre Essenspakete und ging von hinnen.

Als der Morgen zum Nachmittag und der Nachmittag zum Abend geworden war, erzählte Hänsel seiner Schwester von ihres Vaters Plan, sie auszusetzen. Gretel war in solchen Lagen immer gefaßt und praktisch und schlug vor, Material für eine an einen Baum gebaute Schutzhütte zu sammeln, wie sie es in ihrem Kurs *Überlebenstechniken von Eingeborenen in der Wildnis* gelernt hatten.

»Nicht nötig«, sagte Hänsel. »Ich habe, ohne Abfall zu hinterlassen oder auch nur einen einzigen Baum zu beschädigen, eine Spur gelegt, auf der wir zurückgehen können.« Als sie aber loszogen, um diese Spur zu suchen, fanden sie einen Trupp von Leuten beim Überlebenstraining, die gerade eifrig die Haferflocken verzehrten. Die Überlebensfixierten schrien die Kinder an und scheuchten sie von den eben gefundenen Extrarationen weg, feuerten ein paar Warnschüsse in die Luft und verschwanden dann im Wald.

Hänsel und Gretel wanderten über viele Wege, doch waren sie alsbald sehr hungrig und hatten sich hoffnungslos verirrt. Dann stießen sie hinter einer scharfen Biegung auf eine wundersame Hütte aus braunen Vollkornkeksen, zuckerfreiem Pfefferkuchen und Möhrenplätzchen. Zwar fehlte der Hütte der vertrauenerweckende Grüne Punkt, doch sah sie so gut aus, daß die Nicht-ganz-Erwachsenen sich darauf stürzten und sie zu verzehren begannen.

Plötzlich tauchte eine Frau in den besten Jahren (eigentlich war sie längst jenseits dieser) aus der Hütte auf. Die zahllosen Kettchen an ihren Hand- und Fußgelenken klirrten, wenn sie sich bewegte, und sie verströmte einen Duft von Patschulikraut, versengtem Beifuß und Nelkenzigaretten. Die Kinder erschraken. Hänsel sagte: »Entschuldige bitte die plumpe Frage, aber bist du eine böse Hexe?«

Die Frau lachte. »Nein, nein, mein Lieber. Ich bin überhaupt keine Hexe, sondern eine Weise Frau. Ich bin auch nicht böser als alle anderen, und ganz bestimmt esse ich keine kleinen Nicht-ganz-Erwachsenen, wie man euch das immer gerüchtweise einreden will. Ich verehre die Natur und ihre Göttin, und ich mische Kräuter und natürliche Tränke, um den Leuten zu helfen. Ehrlich. So, warum kommt ihr jetzt nicht beide rein auf eine schöne Tasse Huflattichtee?«

In der funktionalen wiewohl eßbaren Kate riet die Weise Frau den Kindern, all die Propaganda und Verleumdungen zu vergessen, die über sie und ähnliche Personen verbreitet wurden. Sie erzählte ihnen Geschichten über ihr Leben im Walde, das Brauen von Tränken, das Verhängen von Zaubersprüchen, die Kommunikation mit nichtmenschlichen Tieren und die Heilung all jener Wunden, die man Mutter Erde zufügte. Hänsel und Gretel brauchten einige Zeit, um sich von der stereotypen Vorstellung einer gelbhäutigen, chronologisch fortgeschrittenen Frau mit spitzem schwarzen Hut zu befreien. (Es war fast komisch, daß die Weise Frau tatsächlich eine lange warzenbesetzte Nase hatte, die einer fauligen Gurke ähnelte, aber die Kinder waren zu höflich, sie darauf anzusprechen.)

Vollkommen überzeugt von der Ehrlichkeit der Weisen Frau waren Hänsel und Gretel schließlich, als sie deren Nachbarn und Verwandte kennenlernten. Um die Kinder willkommen zu heißen, hielten diese freundlichen Leute nachts im Mondschein eine Versammlung ab, bei der sie sämtliche Kleider auszogen, einander mit Lehm einrieben und zum Klang von Okarinas und Pansflöten Ringelreihen tanzten. Es war ein inspirierender Anblick, und alles wirkte so natürlich, daß Hänsel und Gretel auf der Stelle beschlossen, ihr altes Leben aufzugeben und sich den Waldmenschen anzuschließen.

Mit der Zeit gewannen Hänsel und Gretel die Weise Frau und das Leben im Walde lieb. Als sie älter und selbständiger wurden, begannen sie, mit Mutter Erde direkter und greifbarer in Verbindung zu treten. Mutig und entschlossen planten und bestritten sie viele tiefgreifende ökologische Maßnahmen zum Schutze ihrer baumbestandenen Heimat. Munter versahen Hänsel und Gretel Bäume mit Metallstacheln gegen Sägen. Sie zerstörten die zur Abholzung benutzten Gerätschaften und Bulldozer, und mit Sprengstoffen, die ganz aus natürlichen Bestandteilen zusammengesetzt waren, jagten sie auf den umliegenden landwirtschaftlichen Nutzflächen Transformatorenhäuschen und Stromleitungen in die Luft. Sie lernten sogar fünfzehn naturheilkundliche Mittel gegen Schmauchverbrennungen kennen.

Beim Schutz ihrer erwählten Lebenssphäre waren sie sehr zufrieden und erfüllt, bis sie eines Tages eine schreckliche Nachricht ereilte. Ein riesiger multinationaler Papierkonzern hatte den gesamten Wald gekauft und wollte alles Holz zu Zellstoff verarbeiten. Hänsel, Gretel, die Weise Frau und all ihre Gevattern und Muhmen wappneten sich für *die* Konfrontation ihres Lebens. Die Ökoverteidiger sammelten ihre Schraubenschlüssel und Sprengmischungen, Protestplakate und Pansflöten und brachen auf zur Konzernzentrale. Auf dem Weg dorthin alarmierten sie die Medien mit der Mitteilung, daß sie bereit seien, unsere Mutter Erde bis zur letzten Person zu verteidigen.

Hänsel, Gretel und die Weise Frau marschierten an der Spitze der Massen. Alles sang und schunkelte und brannte auf einen Kampf. Als sie in Sichtweite der Papierfabrik kamen, erblickten die Geschwister dort etwas, das ihnen sehr vertraut vorkam. Der riesige Komplex aus Fabriken und Verwaltungsgebäuden bedeckte fast vier Morgen Land, aber in der geschwungenen Auffahrt, mitten vor dem Haupteingang, stand ein kleines, bescheidenes Chalet. Es war tatsächlich das Heim ihrer Kindheit, das da wie eine Einsiedlerklause vor der glatten Stahl-und-Glas-Fassade der Firmenzentrale hockte.

Als Bruder und Schwester dies eben zu verdauen begannen, öffnete sich die kleine Holztür der Hütte, und heraus kam ihr Vater, der Baumschlächter. Er trug einen Armani-Anzug und italienische Slipper und hatte zur Rechten wie zur Linken je eine Phalanx von Anwälten. Ganz offensichtlich war diese Person aus dem Gröbsten heraus.

»Tja, tja«, sagte der Vater, »so dreht sich eben das Rad des Schicksals. Schön, euch wiederzusehen, Hänsel und Gretel.«

»Bitte nenn uns nicht so«, sagte sein biologischer, nicht jedoch geistiger Sohn. »Wir haben unsere Namen geändert als Symbole für die Geburt unseres neuen Bewußtseins und um uns von unserer herzlosen, ausbeuterischen Erziehung loszusagen. Von jetzt an kannst du mich Heideweiler nennen.«

»Und ich heiße Gaia«, sagte seine Schwester.

»Von mir aus ändert eure Namen in Dumbo und Bambi.« Der Vater lachte. »Trotz alledem, ihr werdet aus dem Wald weichen und umsiedeln müssen.

Wir haben für euch eine Vereinbarung mit einem hübschen Wohnwagenpark unten an der Autobahn getroffen und vertraglich eine Truppe von Umsiedlungs-Beratern...«

Die Weise Frau unterbrach ihn. »Tod allen, die die Erde schänden! Tod allen, die die Erde schänden!« schrie sie, und der Rest der Menge nahm den Kampfgesang auf.

»Da muß man doch nicht gleich persönlich werden«, murmelte der Vater. Er versuchte, mit Gesten die Menge zu beschwichtigen. »Ist ja gut, ist ja gut. Wir möchten uns mit eurem Sprecher...«

»SprecherIn!« schrie jemand anders.

Ein Anwalt flüsterte dem Vater etwas ins Ohr. »Wir möchten uns mit eurer Sprechperson zusammensetzen«, sagte der Vater schließlich, »mit der Weisen Frau.«

Unter ermunternden Zurufen reckte die Weise Frau eine Faust und ging mit den Anzugträgern ins Gebäude. Die Ökoteure waren sehr glücklich und zufrieden, weil sie der Weisen Frau vollkommen vertrauten. Sie würde nie klein beigeben vor diesen Planetenschändern. Zur Feier bildeten sie auf dem Parkplatz einen Gebetskreis und begannen zu tanzen.

Noch immer lag der Klang von Okarinas und Pansflöten in der Luft, als die VerhandlungsführerInnen wieder aus dem Gebäude kamen. Der Vater und die Anwälte lächelten, die Weise Frau hingegen blickte eher betreten drein.

Gaia alias Gretel spürte sofort, daß sich etwas in der festgelegten Ordnung der Dinge geändert hatte. »Was ist passiert?« sagte sie eindringlich. »Was ist da drinnen vorgefallen?«

»Ein prominentes Mitglied eurer Gruppe hat beschlossen, aufzuwachen und die Realität zur Kenntnis zu nehmen«, sagte der Vater. »Die Weise Frau wird der Geschäftsführung beitreten als neue Vizepräsidentin für Ganzheitliches und Spirituelles Wohlbefinden, Abteilung Mutter Erde.«

Den Öko-Kriegern entrang sich unwillkürlich ein Ächzen. »Wie konntest du nur?« kreischte Gaia.

»Kind, ich hatte keine andere Wahl«, sagte die Weise Frau mit verständnisheischender Miene. »Ich kriege eine Luxus-Krankenversicherung, die auch für Zahnbehandlungen und neuartige Heilverfahren aufkommt. Das ist bei den meisten Versicherungen nicht drin.«

Wirres Gemurmel stieg empor aus der Öko-Schwadron. Das war wirklich ein schwerer Schlag. Wenn ihre weiseste und erdbewußteste Kämpferin so leicht zu kaufen war, welche Chance hatten dann die übrigen noch? Umgeben von seinen Anwälten trug der Baumschlächter ein Grinsen zur Schau wie der Kater, der seine Nährwertbedürfnisse zu Lasten des Kanarienvogels befriedigt hat.

Aber Hänsel – 'tschuldigung, Heideweiler – und Gaia kannten die Ruchlosigkeit ihres Vaters nur zu gut und hatten einen Plan ausgetüftelt, auf den sie im Notfall zurückgreifen konnten. Mit großem Pomp und Gefummel legten beide Kutten mit Kapuzen an, zeichneten ein Pentagramm auf den Boden und verbrannten in einem kleinen Tiegel getrocknete Kräuter. Alle sahen neugierig zu, vielleicht auch ein wenig furchtsam.

Dann sangen Bruder und Schwester eine Anrufung in einer Sprache, die nicht einmal die Weise Frau je gehört hatte. Wind erhob sich, und die Luft knisterte. Dann ging ein Blitz nieder, und alles war vorüber. Der gesamte Papierherstellungskonzern – Zentrale, Fabrik und Lagerkomplexe – hatte sich aus Stahl und Beton zu Pfefferminzlutschern, Pfefferkuchen und Gummidrops verwandelt.

Den Ökoteuren stand der Mund offen, dann stießen sie einen Jubelschrei aus. Die Anwälte berieten miteinander und kritzelten Notizen in ihre Filofaxe, ein mögliches Gerichtsverfahren betreffend. Die Weise Frau stand einfach nur da, und ihr Mund bildete ein stummes *Wow*.

Der Baumschlächter markierte den Tapferen. »Netter Trick, Kinder, aber das kann mich nicht aufhalten. Die Fabrik ist nach wie vor solide, und die Instandhaltungskosten belaufen sich jetzt nur noch auf ein bißchen Zuckerguß und Glasur. Vielen Dank dafür. Wir nehmen bald die Arbeit auf und legen euren Wald um.«

Heideweiler und Gaia antworteten nicht, sondern verbrannten statt dessen weitere Kräuter und hauchten weitere Beschwörungen. Wieder erhob sich Wind, die Luft knisterte, und vor aller Augen wurde das gesamte Juristenbataillon in eine Horde von Mäusen verwandelt – sehr *hungrigen* Mäusen –, die sofort ausschwärmte über den riesigen, klebrig-süßen Industriekomplex und ihn zu verzehren begann.

Die Weise Frau hatte nicht einmal geahnt, daß die Geschwister so bewandert in der Schwarzen Kunst waren. Sie versuchte, sie durch Schmeicheleien zu beschwichtigen. »Das war sehr beeindruckend. Wir können einander noch viel beibringen, nicht wahr? Ich freue mich schon sehr darauf, unsere Kenntnisse offen und zur gegenseitigen Unterstützung...« Aber ihre Äußerungen wurden abgeschnitten, als Heideweiler und Gaia ihre paranormale Peitsche knallen ließen und sie von einer Frau-in-den-goldenen-Jahren in ein schlappes weißbäuchiges Wiesel verwandelten. Die weiland Weise Frau rannte alsbald los, sich den Mäusen bei deren Fabrikfraßtaumel anzuschließen.

Der Vater war nun doch sichtlich erschüttert, als er sein Lebenswerk unter Gequietsche verzehrt sah. Aber er war ein Meister im Schuldzuweisen, und so sagte er schließlich: »Das ist also eure Art, euch dankbar zu zeigen? Meint ihr denn, es wäre einfach gewesen, berufstätiger Alleinerziehender zu sein? Wenn ich euch an jenem Tag damals nicht in den Wald gebracht hätte, wärt ihr nie zu diesem tollen neuen Leben gekommen. Und das ist nun der Dank an mich? Was ist denn mit meinen Bedürfnissen? Ich war mein ganzes Leben lang im Holzgeschäft; was soll ich denn jetzt anfangen?«

Da erwiesen Heideweiler und Gaia ihm eine Gunst und verwandelten ihn in einen Biber.

Nach dieser schweren Prüfung nahmen die Ökohelden ihre Plakate und zogen zurück in den Wald. Heideweiler und Gaia arbeiteten hart daran, ihre übernatürlichen Fähigkeiten zu vervollkommnen, die sie ausschließlich zur Verteidigung des Planeten einsetzten. Die Nachbarn achteten die Privatsphäre der Geschwister, um nicht zufällig durch einen verirrten Bann in eine andere (wiewohl gewiß nicht geringere) Spezies verwandelt zu werden. Die zauberkundigen Geschwister aber, ihre Freunde und vor allem die Bäume lebten hinfort glücklich und zufrieden.

Ameise und Grille

In der Welt der alten Griechen war die Landwirtschaft noch in einem Zustand fortgeschrittener Ursprünglichkeit. Bäuerliche Ökosysteme waren in sich vielfältig und gesund. Wildwuchernde Pflanzen und gedeihliche Insektenkolonien teilten sich die Nutzflächen mit gezüchteten Nährgewächsen. Weizen- und Weinfelder wimmelten daher nur so von kräftigen, aufgeschlossenen und umgänglichen Insekten. Fleißigstes von diesen war der Ameis. Den ganzen Sommer über schuftete er in der heißen Sonne und legte sich in Erwartung eines langen Winters einen Vorrat an Getreide und Saatkörnern an.

Im selben Feld lebte auch eine Grille. Ihr Dasein war leicht und sorgenfrei, denn sie hatte schon längst das bourgeoise Geldhorter-Postulat verworfen, daß man »es zu etwas bringen muß«. Ihr einziger Lebenszweck war es, die Natur auf unschematische, spielerisch-erforschende Weise zu genießen, und oft kostete sie die üppigen Wohltaten der Natur dergestalt aus, daß sie den größten Teil des Tages verschlief. Die übrige Zeit sang sie fröhlich auf der Wiese – *zaWIRPP, zaWIRPP* – und sorgte so dafür, daß die reiche mündliche Überlieferung der Grillen lebendig blieb.

Dieser alternative Lebenswandel blieb dem Ameis nicht verborgen, der da in Hitze und Staub rackerte. Als er sah, wie die Grille nach eigenem Ermessen das Leben genoß, verzog sich jede einzelne Öffnung seines Exoskeletts zu einer Grimasse.

»Nun kuck dir diese Grille an«, murmelte der Ameis. »Hockt den ganzen Tag auf dem Hinterleib und singt diese bescheuerten Lieder. Ob sie wohl jemals ein bißchen Verantwortungsgefühl zeigt? Man/frau kann sie nicht einmal einen ›Blutegel‹ heißen, denn dies wäre eine Beleidigung für alle arbeitsamen Segmentwürmer in diesem unseren Lande. Sitzt bloß da und beobachtet mich und wartet auf eine günstige Gelegenheit, mich anzuspringen und mir alles wegzunehmen, wofür ich so hart geschuftet hab. Typisch für ihre Sippe.«

Die Grille beobachtete ihrerseits den Ameis. Ihre

Gedankengänge waren allerdings ganz anders. ›Kuck dir diesen Ameis an‹, dachte sie. ›Was für eine Plackerei, bloß um 'nen kleinen Körnervorrat anzulegen. Und wozu? Ein bißchen mehr Zen würde ihm bestimmt nicht schaden. Dann würde er begreifen, daß für den Stein ein Samenkorn dasselbe ist wie tausend Körner, und daß der Regen eine Kunst für sich ist.‹

So verging der Sommer. Der Ameis, eine fast archetypische Typ-A-Persönlichkeit, schuftete jeden Tag bis zum Umfallen, aber diese egoistische, sozial unverantwortliche Aktivität forderte ihren Preis. Der Ameis kriegte ein Magengeschwür, machte sich große Sorgen wegen seiner Thorax-Schmerzen und verlor nahezu das gesamte Haupthaar. Mitte September verließ ihn die Frau und nahm alle Eier mit, aber das bemerkte er kaum. Der Ameis war derart besessen von seinem Körnervorrat, daß er am Schluß sogar ein ausgetüfteltes Sicherheitssystem inner- und außerhalb seines Ameisenhügels einrichtete, mit Videokameras und Bewegungsmeldern, um jeden Möchtegern-Dieb zu erwischen.

Zwischen ihren Nickerchen betrachtete die Grille dies alles mit distanzierter Neugier. Außerdem machte sie Hatha-Yoga, suchte in allen Lokalen der Gegend nach der perfekten Tasse Cappuccino, brachte sich Gitarrespielen bei (eigentlich nur einen selbstgeschriebenen Song, eine Art Blues mit drei Noten) und lebte in den Tag hinein. Sie versuchte, ihre schwerpunktmäßig müßige Lebensart dem Wechsel der Jahreszeiten anzupassen. Als das Wetter weniger freundlich wurde, wollte sie nach Australien reisen und dort ein bißchen surfen.

Aber in diesem Jahr kam der Winter sehr früh (oder der Sommer ging zu früh, je nachdem, wie man/frau klimatisch ausgerichtet ist), und sehr bald waren die Felder öde. Die unglückliche Grille fiel den Launen des meteorologischen Wandels zum Opfer. Sie hüpfte auf dem Feld herum und suchte etwas Eßbares. Sie wäre ja schon mit einem Krümel, einer Hülse, ein bißchen Tofu zufrieden gewesen – aber sie konnte nichts finden.

Bald sah die Grille den Ameis, der munter eine volle Ähre hinter sich her zerrte. Der Hunger der Grille war stärker als ihr Stolz. So näherte sie sich denn dem Ameis und wollte ihn auffordern, von dem riesigen Vorrat ein bißchen mit ihr zu teilen. Aber sobald der Ameis die Grille erblickte, begann er zu schreien.

»AAAHHHHH!!! Was willst du denn? Was machst du hier? Du willst mir die Ähre wegnehmen, was? Du hast wohl die ganze Zeit bloß auf den Tag gewartet, an dem du mir alles, was ich besitze, wegnehmen kannst! Ihr Typen seid doch alle gleich!«

Die Grille versuchte ihn zu unterbrechen, aber

der Ameis tobte weiter. »Sag bloß nichts! Versuch gar nicht erst, mich einzuwickeln mit rührseligen Geschichten und leeren Versprechungen. Für alles, was ich besitze, hab ich schwer gearbeitet, wenn das auch in gewissen Kreisen nicht gerade als schick angesehen wird.«

Die Grille sagte höflich: »Aber Bruder Ameis, du hast doch bestimmt mehr, als du je essen kannst.«

»Das ist meine Angelegenheit«, sagte der Ameis, »wir leben ja nicht in einem sozialistischen Blutsaugerstaat – *noch* nicht! Selber anpacken macht satt! Der einzige Platz, wo *Erfolg* vor *Leistung* steht, ist im Lexikon.«

»Ich wollte nach Australien, weißt du, aber das Wetter, also, das hat sich geändert, und alles Eßbare ist weg...«

»So funktioniert nun mal die freie Marktwirtschaft. Gute Lektion für dich.«

»Entschuldige, Bruder Ameis, aber irgendwie muß ich dir sagen, also, du solltest ein bißchen an deinem Karma arbeiten. Deine Aura ist ganz voll von negativer Energie, und die könntest du ganz einfach positiv machen, indem du...«

»Hör mal, komm mir bloß nicht mit mystischem Zeug daher. Weißt du, wie es sich anhört, wenn eine Laus krepiert? Ha, ha!«

Der Ameis und die Grille wurden in ihrer fruchtlosen Debatte durch ein Hüsteln unterbrochen. Sie drehten sich um und sahen eine große Spinne, größer als beide zusammen! (Sie war einmal Gottesanbeterin gewesen, hatte aber auf gerichtliche Anordnung hin das Beten einstellen müssen. Zutiefst spirituell war sie jedoch immer noch.) Ameis und Grille erschraken – nicht wegen des proportional überdurchschnittlichen Ausmaßes der Spinne, sondern wegen ihres nüchternen, geschäftsmäßigen Auftretens. Sie trug einen grauen Polyesteranzug und braune Schnürschuhe, und in den Vorderfängen hielt sie eine Aktenmappe, eine braune Papiertüte mit Proviant und einen Taschenrechner.

»Ameis?« fragte die Spinne, obwohl sie genau wußte, wer von beiden derjenige war, den sie suchte. »Ameis, ich komme wegen der Buchprüfung.«

Mit diesen ominösen Worten ändert sich der Verlauf unserer Geschichte. Ohne näher einzugehen auf die Einzelheiten der Buchprüfung, die Forderungen, den Widerspruch, die Klage, die Gegenklage und die versuchte Flucht des Ameis auf die Caymaninseln wollen wir nur festhalten, daß die gehorteten Vorräte des gierigen Insekts beschlagnahmt und einer sinnvolleren kommunalen Verwendung zugeführt wurden, nachdem der Ameis Teil des Rehabilitationssystems geworden war. Die Grille organisierte derweil ein Programm für junge einheimische Insekten, die aufgeschlossen waren für kulturellen Austausch mit Ländern in wärmeren

Klimazonen. Dank der Einkommensumverteilung durch die Regierung (und dank des Ex-Ameis-Besitzes) konnte die Grille seither Exkursionen für Surfer leiten, und wenn sie nicht gestorben ist, so surft sie noch heute.

Die Prinzessin und die Erbse

inter den Bergen, weit weit weg, gab es einmal ein Königreich, und dort lebte ein junger Prinz, der ganz von sich eingenommen war. Er war gesund, relativ gutaussehend und wuchs mit mehr Glück und Zufriedenheit auf, als ihm bei fairer Verteilung der Mittel zugestanden hätte. Dennoch hatte er das Gefühl, mehr zu verdienen. Es genügte ihm nicht, daß er seit seiner Geburt ein Leben parasitärer Muße führen und die Massen streng unter seiner Fuchtel halten konnte. Nein, er war auch noch entschlossen, diese undemokratische Tyrannei fortzuführen, indem er niemand anderen als eine echte, authentische Prinzessin mit entsprechendem Nachweis heiratete.

Seine Mutter, die Königin, ermunterte den Sohn

in seiner Besessenheit, trotz des offensichtlichen Risikos, hämophile oder intellektuell minderbegabte Enkel zu bekommen. Vor vielen Jahren hatte sein Vater, der König, nach einer Periode unzulänglichen Wohlbefindens die körperliche Endlichkeit erreicht. Der Mangel an starker männlicher Präsenz nagte irgendwie unterbewußt am Prinzen, und diese Beklemmungen ließen sich weder durch Wochenendorgien noch durch Männerbündelei mit anderen jungen Herzögen und Baronen beheben. Aus ödipalen sowie brutpfleglichen Gründen machte seine Mutter sich nicht die Mühe, seine selbstsüchtigen Vorstellungen von unerreichbarer Vollkommenheit bei einer ehelichen Lebensgefährtin zu ändern oder zu korrigieren.

Auf der Suche nach der perfekten Partnerin reiste der Prinz weit umher und suchte eine, die er zum Ehestand versklaven könnte. Spreizbeinig auf seinem getreuen Kollegen aus der Pferdegattung ritt er von Königreich zu Königinreich, von Herzogtum zu Herzogintum, und sammelte Namen und Telefonnummern. Schwer oder leicht pigmentiert, vertikal oder horizontal gefordert, kosmetisch anziehend oder von abweichender Gesichtsform – das war ihm völlig gleichgültig. Sein einziges Kriterium war die königliche Authentizität einer Frau, die seine dynastischen Wahnvorstellungen von Privileg und persönlichem Wert teilen konnte.

In einer regnerischen Nacht, nach einer langen Reise in viele entlegene Bioregionen, nährte sich der Prinz mittels eines Napfes Linsencurry und vertraute der Mutter seine Befürchtungen an. »Ich glaube nicht, daß ich je eine echte Prinzessin finde, mit der ich mein Leben teilen kann, Mami.«

»Tja, Sohnemann«, sagte die Königin aufmunternd, »vergiß nicht, daß das Leben als Single viele Vorteile hat. Laß dich nicht von Gesellschaft und Kirche zu einem Lebensstil drängen, der vielleicht gar nicht zu dir paßt.«

»Möglicherweise sollte ich meine Anspruchsskala ein wenig runterfahren«, sagte er versonnen.

»Was? All deine Standards über Bord werfen?«

»Nein, Mami, aber vielleicht bin ich der orthodoxen, heterosexualistischen Mehrheit aufgesessen. Vielleicht gibt's irgendwo einen schönen jungen *Prinzen* für mich. Es wäre jedenfalls einen Versuch wert.«

Ehe seine Mutter antworten konnte, klopfte es an das Schloßtor. Die Diener zogen das schwere Portal hoch, und aus dem Regen trat eine junge Frau ein, von Kopf bis Fuß feuchtigkeitsrelevant. Fürs Auge war sie zweifellos anziehend, wenn man/frau zu den seichten Personen gehört, die äußerem Anschein Wert beimessen. Zum Glück für unsere Geschichte war der Prinz keiner von diesen Typen. Er hatte einen und nur einen Standard, so klassenchauvinistisch dieser auch gewesen sein mag.

Stellt euch also des Prinzen Überraschung vor, als die Besucherin lossprudelte: »Eine Prinzessin sollte bei so einem Wetter nicht draußen sein!« Tja, also, das war eine Offenbarung aus unmittelbar zuständiger Quelle! Dem Prinzen verschlug es einen Moment lang die operative mündliche Kompetenz; dann lud er die in puncto Trockenheit geforderte Besucherin ein, für die Nacht die Gastlichkeit des Schlosses zu genießen.

Für den Prinzen war dies zweifellos eine ersprießliche Entwicklung. Seine Mutter jedoch empfand es als sehr bedrohlich, daß frau ihr den Sohn nehmen könnte. Statt sich nun aber zu ihren Gefühlen zu bekennen und sie konstruktiv zu verarbeiten, entschloß die Königin sich zu einer List, um die Behauptung der Besucherin auf die Probe zu stellen.

Sie schlich hinauf zu den Schlafgemächern und fand den Raum, in dem die Besucherin nach vollzogener Sättigung schlafen würde. Die Königin riß alles Bettzeug vom Gestell und legte eine einzelne Erbse auf die unterste Matratze. Dann türmte sie zehn Futons darüber, und auf die Futons legte sie zehn Eiderdaunendecken.

»So«, sagte die Königin. »Wenn diese feuchte Maid da unten wirklich eine Prinzessin ist, wird sie wohl auch so feinfühlig sein, um diesen Knubbel zu bemerken und nicht schlafen zu können.«

Am nächsten Morgen beim Frühstück fragte die

Königin über die Näpfe mit königlichen Vollkornflocken hinweg beiläufig die junge Frau, wie sie denn geschlafen habe.

»Entsetzlich«, antwortete diese. »Ich hab die ganze Nacht kein Auge zugemacht.«

Die Königin riß die Augen auf. Hatte ihr Plan etwa zu gut funktioniert?

Die Besucherin fuhr fort. »Zunächst einmal waren auf dem Bett wahnsinnig viele Eiderdaunendekken aufgetürmt. Einfach barbarisch! Wie hätte ich da schlafen können, mit dem Gedanken an all die armen Enten, die für meine Behaglichkeit widerwillig Federn lassen mußten?«

Die Königin wurde ein bißchen rot, sagte aber nichts.

»Und als ich dann all die überzähligen Futons runtergenommen habe, um sie mit einigen der weniger begünstigten bäuerlichen Nachbarn und Nachbarinnen des Schlosses zu teilen, fand ich unter all dem eine Erbse. Einfach schockierend, daß jemand angesichts des Zustands der Welt Nahrungsmittel derart vergeudet.«

Bei diesen Äußerungen verschluckte sich die Königin beinahe an ihrer Sojamilch. Der Prinz, der von seiner Mutter Plan zur Ermittlung einer Prinzessin erfahren hatte, war so aufgeregt, daß er nicht länger schweigen konnte. »Dann bist du ja wirklich eine Prinzessin!« kläffte er.

»Gestern abend war ich eine, ja«, antwortete sie. Die fragenden Blicke von Prinz und Königin brachten die Frau dazu, dies näher zu erläutern. »Gestern abend war ich eine Prinzessin; heute morgen bin ich ein alter Wikingerkrieger. Ach, ihr Dummbatzen – ich mach *channeling*! Ich verfüge über mehr als ein Dutzend Persönlichkeiten, die mich periodisch behausen – alles was man will, von der Konkubine Karls des Großen bis zu Äsops Schwägerin. Und Kleopatra. Aber jede/r ist ja irgendwann mal Kleopatra gewesen. Also, ich sag euch, auf Parties bietet das einigen Gesprächsstoff! Alles ganz schön aufregend für die ökonomisch unterprivilegierte Tochter eines Messerschleifers, die auf der falschen Seite des Abzugsgrabens aufgewachsen ist.«

Diese Enthüllungen machten die Königin sehr ärgerlich, aber der Prinz war gefesselt. »Was meinst du denn, wann du beim *channeling* wieder zur Prinzessin wirst?«

»Nächste Woche Dienstag«, sagte sie beiläufig, »und zwar vom späten Vormittag bis zum frühen Abend. In der Hinsicht bin ich sehr pünktlich.«

»Dann werde ich dich an dem Dienstag nachmittag bitten, meine Gemahlin und Schloßpartnerin zu werden, und du kannst an meiner Seite absolut gleichberechtigt regieren.«

Die Frau bedachte dies einen Moment; dann antwortete sie: »Ich würde das Angebot glatt annehmen, wenn ich nicht heute morgen wie gesagt ein Wikingerkrieger wäre – Liefdahl heiße ich übrigens, Sohn des Ülfdahl –, und ich habe große Lust, gleich nach dem Frühstück euer Schloß zu belagern.« Ganz ruhig trank sie noch einen Schluck Kaffee und grabschte nach einem weiteren Keks.

»So was Ungehobeltes!« sagte die Königin; sie hieb auf den Tisch. »Bei Unwetter gewähren wir ihr Zuflucht und geben ihr am nächsten Morgen ein Frühstück, und dann wechselt sie vor unserer Nase mir nichts, dir nichts die Persönlichkeit und will uns ganz einfach *so* belagern, ohne auch nur ›mit Verlaub‹ zu sagen!«

»Mutter, bitte!« sagte der Prinz. »Wie lange bist du denn normalerweise ein Wikinger?«

»Ach, nicht länger als eine Dreiviertelstunde.«

»Und danach?« fragte er.

»Danach bin ich meistens der heilige Ägidius, hause in einem Drecksloch und entsage allem weltlichen Besitz.«

»Und das bedeutet?«

»Das bedeutet« – die Besucherin lächelte in aufkeimendem Begreifen – »den Verzicht auf sämtliche weltlichen Reiche, die meine anderen spirituellen Leibsassen erobert haben.«

Wie dies so oft der Fall ist, war auch in unserer Geschichte der Faktor Zeit für ein glückliches Ende entscheidend. Die »Prinzessin« und der Prinz vermählten sich am folgenden Dienstag, gemäß ihrem metaphysischen Fahrplan, und sie verlebten wunderbare Flitterwochen, vor allem während gewisser Transformationen. So oft sie zu Liefdahl, Sohn Ülfdahls, wurde, eroberte sie den Prinzen und sein Schloß, und sobald sie der heilige Ägidius war, gab sie alles wieder zurück. *Channeling* zwischen historischen Persönlichkeiten war seither bei Hofe *de rigueur*, und Königin, Prinz und Wandlerin lebten sehr glücklich zusammen und wußten nie, wer sich zum Frühstück einstellen würde.

Die kleine See-Person

Weit weg vom Land, fern vom Ufer und den Zuflüssen aus stinkenden Städten und Agrargenossenschaften gab es einmal ein Habitat, das keinem anderen in der Welt glich. Unter der Oberfläche des Meeres wuchsen rosa, rote und gelbe Pflanzen in dichten Büscheln, und lange Gräser wiegten sich sanft in der Strömung. Zwischen alledem schwamm eine Vielzahl bunter Fische, Schalentiere und Gliederfüßler, als verblüffendes Beispiel einer gesunden Nahrungskette. Und inmitten dieses wimmelnden Lebens gedieh eine besondere Spezies, eine einzigartige und wunderbare Inkarnation der Biodiversifizierung: das See-Volk.

Die Meer-Leute hatten einen König, und dieser

König hatte sieben Töchter, die alle in unterschiedlichem Maße die zu jener Zeit gültigen Standards der Attraktivität verkörperten. Am allerbesten tat dies jedoch die Jüngste. Sie hieß Calpurnia, wurde aber Kelpie genannt. Sie war eine sehr glückliche junge See-Person und besaß die schönste Singstimme, die die Meer-Leute je gehört hatten. Kelpie und ihre Schwestern standen einander sehr nahe, und sie alle verbrachten viele Stunden damit, Wiederverwertbares zu sammeln und das Sonar von Walfängern zu stören.

Die sieben Prinzessinnen hörten sehr gern Geschichten, die ihre Groß-See-Mutter erzählte, vor allem über die rätselhaften Leute, die oberhalb der Wasserkante lebten. Die Groß-See-Mutter erzählte ihnen von den alten Handelsschiffen, die vorüberflogen, von den Wäldern und Wiesen voll seltsamer Geschöpfe und den geschäftigen Städten voller Menschen. Die Prinzessinnen konnten sich derlei Orte kaum vorstellen. Sie alle lachten, wenn die Groß-See-Mutter ihnen erzählte, wie die Land-Leute sich auf wackligen rosa Stelzen fortbewegten (natürlich nur die Zeitweilig-dazu-Fähigen), mit seltsamen Abdeckungen an den Enden, damit sich die Stelzen nicht zu schnell abnutzten. Die Groß-See-Mutter ermahnte sie, nicht über jene zu lachen, die unglücklicherweise ohne Flossen geboren waren, aber die Prinzessinnen flappten mit ihren langen Schwänzen und fragten sich, wie die Landgeschöpfe es nur aushielten, sich im Spiegel zu betrachten.

Je mehr Geschichten sie hörten, desto neugieriger wurden die See-Schwestern. Der See-Brauch verbot ihnen jedoch, vor dem fünfzehnten Geburtstag allein an die Oberfläche zu schwimmen. Sie waren nicht glücklich mit diesem Arrangement, ließen sich aber im Interesse der kulturellen Harmonie darauf ein, diesen restriktiven Reifungsritus zu respektieren.

Als jüngste der Familie sah Kelpie all ihre Schwestern an deren fünfzehntem Geburtstag zur Oberfläche schwimmen und mit wundersamen Geschichten zurückkehren. Eine erzählte, die Menschen seien besessen davon, Maschinen zu bauen, die ihnen Arbeit abnähmen, und gäben dann viel Geld in besonderen Clubs aus für das Privileg, die Muskeln in Form halten zu können. Eine andere berichtete, sie schnitten gewaltige Löcher in ihre größten Bäume, um die Natur aus der Nähe beobachten zu können, ohne dazu ihre rauchrülpsenden Metallschlitten verlassen zu müssen. Wieder eine andere erzählte, die Menschen bauten teure elektronische Maschinen, die ihnen beim Singen hülfen, in seltsam schattigen Einrichtungen namens Karaoke-Bars.

Aber die kleine See-Person hatte kein gesteigertes

Interesse an jenen, die da oben atmeten. Sie war damit zufrieden, ihre feuchte aber sichere Welt zu erforschen, mit den Fischen und sonstigen See-BürgerInnen zu spielen und im Zutrauen zur eigenen See-Persönlichkeit aufzuwachsen.

Alsbald nahte ihr fünfzehnter Geburtstag, und endlich sollte Kelpie die Chance bekommen, die Oberflächenwelt zu sehen und sich eines unvoreingenommenen kulturellen Austauschs zu befleißigen. Da vom soziologischen Standpunkt aus dieser Reiferitus ebenso wichtig war wie ihre Pubertät selbst, machten die See-Schwestern und die Groß-See-Mutter ein gewaltiges Buhei. Kelpie war ansonsten nicht eitel, ließ aber nun zu, daß ihre See-Sippe sie mit rotem Tang, glitzernden Korallen und hellen Austernschalen (natürlich nur mit Zustimmung der Austern) schmückte. Letzten Endes gab es ja nur wenige Rituale, deren sich weibliche See-Personen erfreuen konnten.

Fein ausstaffiert schwamm die kleine See-Person dann vom heimischen Palast hin zur Oberfläche. Die Sonne wurde heller und gelber, als Kelpie emporstieg, aber dafür wurde das Wasser auch schmutziger und immer reicher an Abfall. Als sie schließlich zum ersten Mal in ihrem Leben an die Oberfläche kam, hatte sie das Gefühl, ein Bad zu brauchen.

›Meine Güte, ist das ein Lärm über Wasser!‹ dachte sie. Da dröhnten Maschinen, Sirenen jaulten,

Menschen schrien und Wasser platschte – eine schreckliche Kakophonie. Bei der Suche nach dem Ursprung des Lärms drehte sie sich um und sah hinter sich ein riesiges Schiff, dessen Besatzung mit dicken Wasserschläuchen eine Gruppe bärtiger Männer auf einem kleinen Gummifloß beschoß. Das große Schiff war verziert mit gewaltigen Netzen, Hebebäumen und Leinen, und es sah so aus, als ob die Bärtigen ihr Floß unmittelbar vor das Schiff lenkten. Das Schauspiel beunruhigte Kelpie, aber sie hatte keine Ahnung, welch ein Kampf um Leben und Nicht-Leben das war, bis auf dem Floß ein Mann aufstand und von einem wuchtigen Schwall aus einem Schlauch ins Meer gefegt wurde.

Altruistisch wie immer tauchte Kelpie ohne langes Nachdenken und schwamm los, um den Mann zu retten, der im Wasser zappelte und kreischte. Als sie mit ihm wieder an die Oberfläche kam, betrachtete er seine Retterin und mochte seinen Augen kaum trauen.

»Bin ich tot oder bloß verrückt?« fragte er.

»Tot bist du offensichtlich nicht«, sagte sie, »aber was deine geistige Gesundheit angeht, möchte ich eine Diagnose doch lieber einem qualifizierten Profi überlassen.«

»Aber du ... bist ja eine Seejungfrau!«

»Hör mal zu, Macker«, sagte sie. Die Schuppen auf ihrem Rücken sträubten sich. »Noch so eine sexistische Bemerkung, und du kannst allein nach Hause schwimmen.«

»Nein! Tut mir leid, das war gedankenlos von mir!«

»›See-Person‹ ist die geläufige Bezeichnung«, sagte Kelpie, »wenn das auch nach meiner Meinung den menschlichen Teil von uns auf Kosten der Fischigkeit betont. Die Debatte darüber ist längst noch nicht abgeschlossen, mußt du wissen.«

Die kleine See-Person musterte dieses seltsame Geschöpf aufmerksam. Sein Haar war an einigen Stellen dichter als an anderen, im Gegensatz zu dem des Otters oder des See-Elefanten jedoch längst nicht ausreichend, ihm Wärme und Auftrieb zu geben, und außerdem war er betrüblich unterversorgt mit Speck. Unübersehbar zeigten die tiefblau anlaufenden Lippen sein Mißbehagen.

»Ich muß dich an Land schaffen, ehe du erfrierst«, sagte Kelpie. »Warum bist du überhaupt von deinem Boot gestoßen worden?«

»Wir haben gegen das Fischen mit Treibnetzen protestiert, und die Russen auf dem Trawler da haben gemeint, sie könnten mit uns machen, was sie wollen, weil das hier internationales Gewässer ist. Aber wir haben die Ärsche auf Video, und jetzt sind sie dran!«

Sie dachte: ›Was für eine seltsame Formulierung, *internationales Gewässer*‹. Dann sagte sie: »Eure

Bemühungen, das Ökosystem des Ozeans zu verteidigen, sind ja ganz lobenswert, aber beinahe wärst du selber Haifischfutter geworden.«

Er schaute ihr verträumt in die Augen. »Das ist jetzt alles unwichtig. Du bist das schönste Geschöpf, das ich je gesehen habe.«

»Ach, red kein Abwasser.«

»Wie heißt du eigentlich? Ich heiße Dylan.«

»Ich heiße Calpurnia, aber meine Freunde nennen mich Kelpie.«

»Deine Schönheit und Güte hauen mich einfach um, Kelpie. Ich liebe dich. Ich möchte immer mit dir zusammensein.«

»Das wird nicht funktionieren. Kuck mal, deine Finger sind schon ganz schrumpelig.«

»Aber wenn ich nicht hierbleiben kann, warum kommst du dann nicht einfach mit mir mit? Ich kann mein Haus mit einem Zugang zum Meer versehen, mit Schächten und einer Helling. Ich könnte dich sogar mit Jean-Jacques Cousteau bekanntmachen – der macht einen Star aus dir.«

»Nun mal langsam, du flossenloses Ding«, sagte sie. Allmählich wurde sie ärgerlich. »Ihr Luftatmer denkt bloß an euch selbst, was? Du liebst mich gar nicht. Du willst mit mir nur vor deinen Freunden angeben. ›Kuckt mal, was ich für ein ökofreundlicher Kerl bin! Ich hab mich mit 'ner See-Person zusammengetan!‹ Warum, bei allem im Meer, soll ich mich in dein privates Aquarium stecken lassen? Ich kann die Witzeleien schon hören: ›Wo kriegst du den Köder her?‹ ›Laß mich mal die Hinterflosse grabbeln!‹ ›He, Baby, wie wär's mit laichen?‹ Schlag's dir aus dem Kopf, Greenpeace-Boy. Ich bin keine Trophäe, die du aus dem Meer fischen und ausstellen kannst.«

Der Oberflächenbewohner hatte kaum etwas dazu zu bemerken. Er klapperte mit den Zähnen, und seine Augen wurden allmählich glasig, als er ins fortgeschrittene Stadium der Unterkühlung kam. Trotz seiner terrazentrischen Haltung empfand die See-Person Mitleid für Dylan in seiner Position eines des Landes beraubten Primaten, und so schnell sie konnte, schwamm sie zum Ufer. Währenddessen stoppten die Männer auf dem Gummifloß mit Erfolg den russischen Trawler, indem sie das Floß in die Schiffsschrauben rammten und so an Bord einen Boiler zur Explosion brachten, was der Trawlerbesatzung und den Ökokriegern ein nasses aber ruhmvolles Grab eintrug.

Die kleine See-Person wich unheimlichen Treibnetzen aus und malmenden Kreuzfahrtschiffen. Sie versuchte, ein abgelegenes Uferstück zu finden, um den Menschen an Land spülen zu lassen. Schnieke Strände und aufwendige Sumpfland-Erschließungsarbeiten machten dies jedoch fast unmöglich, bis sie endlich eine felsige Bucht mit einem kleinen Sandstrand fand. Ehe der Mann wieder zu sich kommen konnte, schwamm Kelpie fort, da sie keinen Bock mehr hatte, weitere emotionale Szenen, kulturellen Imperialismus oder C. G. Jungsche Archetypen über sich ergehen zu lassen.

Daheim erzählte sie ihrer versammelten See-Sippe von den Abenteuern an der Oberfläche. Natürlich ließ sie Dylans Liebeserklärung ebenso aus wie seine Vorstellungen über ein gemeinsames Leben, das (je länger sie darüber nachdachte) für sie nur große Opfer und für ihn zahlreiche Vorteile gebracht hätte. Außerdem fand Kelpie die ganze Idee ziemlich abstoßend. Die See-Sippe applaudierte ihrer selbstlosen, heroinischen Mühsal.

Nach einigen Monaten dachte die kleine See-Person kaum noch an den Luftatmer, den sie gerettet hatte. Ihr Musikunterricht und ihre Algengärten hielten sie zu sehr auf Trab, um eine Beziehung zu jemandem zu erwägen, der Kleider trug und auf zwei Füßen ging.

Eines Tages schwamm ein Kurier vom Schloß in Kelpies Garten und verkündete atemlos, ihre Anwesenheit im Schloß werde sofort gewünscht. Sie fragte sich, was wohl der Grund sein mochte, und eilte zum Saal des Königs. Dort fand sie ihren See-Vater, die Groß-See-Mutter, die See-Schwestern und viele königliche Berater und deren Flossenlanger. Und vor dem See-König schwamm ein seltsames rosa Wesen – plump und von der Gestalt einer Makrone.

»Tochter, schwimm vor«, sagte der See-König in angemessen königlichem Tonfall. »Dieser Besucher bittet um Audienz bei dir.« Als der Fremde näher trieb, klappte Kelpies Kinnlade bis fast auf den Meeresgrund. Es war Dylan, der Öko-Verteidiger, den sie vor dem Ertrinken gerettet hatte!

»Grüß dich, Kelpie«, sagte er.

»Dylan! Aber was ... was ist mit dem Rest von dir passiert?« fragte sie.

»Ich hab aus mir einen Meeresbewohner machen lassen. Erstaunlich, was die heute alles mit Gentechnik anstellen können.«

»Aber *warum*, in Poseidons Namen?«

»Um dir meine ehrliche Zuneigung und Liebe zu beweisen natürlich.«

»Nein, ich meine: Warum wolltest du unbedingt halb Mensch, halb *Languste* werden?«

Dylan seufzte. »Das ist eine lange Geschichte. Darin geht's unter anderem um gesetzliche Beschränkungen bei der Genforschung und um Chromosomenkompatibilität und um vieles mehr. Aber ich bin nichtsdestoweniger ganz verknallt in meine neue harte Schale und die Augenstengel. Sieh mal, ich kann jetzt beide Seiten eines Buchs gleichzeitig lesen!« Und für die ganze Versammlung demonstrierte er seine neuen optischen Talente.

»Aber du hast dein ganzes Menschsein geopfert«, sagte Kelpie. »Was ist mit deiner Familie und deinen Freunden?«

»Wer fragt denn danach! Bloß ein Haufen Primaten. Ich hab mich immer schon auf dem Meer wohler gefühlt, bloß, daß ich jetzt *im* Meer bin. Und jetzt, wo ich dich hier im Salzwasser seh, lieb ich dich noch mehr.«

»Ich bin sehr gerührt. Ich ... ich weiß gar nicht, was ich sagen soll«, stammelte sie, vollkommen hingerissen von seinem großen, selbstlosen Opfer.

Dylan wandte sich dem Throne zu und raffte alle Würde zusammen, die ihm bei seiner plumpen rosa Gestalt blieb. »Majestät, ich möchte um die Flosse Eurer Tochter bitten.«

Der See-König erwiderte: »Was glaubst du denn, was wir hier für einen sexistischen Laden betreiben? Frag sie gefälligst selber, du Krabbe.«

Dylan wandte sich an die kleine See-Person und fragte: »Calpurnia, magst du mich heiraten?«

Was konnte Kelpie da sagen außer *ja*? Sie hätte sagen können *nein*, sie wolle ihre Ausbildung abschließen und Karriere machen. Sie hätte sagen können *nein*, sie mißbillige wissenschaftliche Eingriffe oder genetische Veränderungen bei den Spezies. Sie hätte sagen können *nein*, sie sei allergisch gegen Schalentiere. Sie hätte auf abertausend Arten *nein* sagen können, aber überglücklich sagte sie *ja*.

Kelpie und Dylan wurden alsbald miteinander vermählt und zeugten einen wohlgeratenen Laichschwarm. Nach ein paar Jahren widmete Kelpie sich zunehmend den Staatsgeschäften und sang bisweilen zur Erbauung ihrer Freunde, während Dylan seine Öko-Schutz-Aktivitäten fortsetzte, diesmal unter der Wasseroberfläche. Und wenn sie in ihrem Zusammenleben auch nicht jeden Tag wie auf Korallen gebettet waren, erzogen sie ihre Brut doch dazu, fröhlich zu sein und stolz auf ihr multikulturelles, multigenerisches Erbe.

Der Schildkröt und der Hase

on allen prahlerischen, selbstgefälligen Tieren im ganzen Lande war der schlimmste (abgesehen von den Menschen natürlich) der Hase. Er quasselte und quasselte über seine Schnelligkeit, Geschmeidigkeit und vorzügliche Ausstattung mit Muskeln und nahm alle in Beschlag, die das Pech hatten, in seine Nähe zu kommen. Mehr noch: Unausgesetzt verlachte er die anderen Tiere, die seine Obsession von vergänglicher physischer »Vollkommenheit« nicht teilten.

Eine seiner beliebtesten Zielscheiben für Spott war der Schildkröt, der mit seinen stämmigen aber zweckdienlichen Beinen, dem weniger raschen Stoffwechsel und dem insgesamt nicht-athletischen Körperbau in deutlichem Gegensatz zum Hasen stand (beziehungsweise hockte). Der Schildkröt war mit dem eigenen Tempo ganz zufrieden und beharrte immer darauf, daß sein Stoffwechsel ebenso effektiv sei wie der jedes anderen.

Dennoch verhöhnte der Hase unausgesetzt den Schildkröt, indem er posierte und seine Brustmuskeln spielen ließ. »He, Kriecher«, sagte er, »ich wette, du könntest zusätzlich Geld verdienen *(höhö)*, indem du dich als Briefbeschwerer anheuern läßt *(höhö, haha)*!«

Der Schildkröt lächelte duldsam. »Danke für den Tip, mein beschleunigungseffizienter Freund.«

»Komm schon, Stumpfi«, stichelte der Hase. »Kannst du dich denn nicht mal auf die Hinterbeine stellen, wenn jemand *(höhö)* dir den Handschuh hinwirft?«

»Ich sehe keine Verbindung zwischen mir und der mißbräuchlichen Verwendung von Handschuhen«, sagte der Schildkröt, der offenbar in mehr als nur *einem* Aspekt seines Charakters von Langsamkeit gekennzeichnet war. »Ich genieße meine Trägheit und würde am liebsten einfach hier sitzen und zusehen, wie die Welt sich dreht.«

»Baaah, wie kann man so selbstgefällig sein?« fauchte der Hase. »Du bist dermaßen eitel *(höhö)*, daß ich dich zu einem Wettrennen herausfordere, um dir die Folgen und *(haha)* Gesundheitsrisiken eines derart seßhaften Lebens zu zeigen.«

Der Schildkröt war entsetzt. »Ein... *Wettbewerb*?« Er erstickte fast an dem Wort. »Nur um zu beweisen, daß einer von uns irgendwie *besser* ist als der andere? Hältst du das etwa für eine gute Idee? Ich will damit nichts zu tun haben.«

Andere Tiere, die zufällig in der Nähe herumstanden, hörten das Gespräch mit und begannen interessiert zu lauschen.

»Was ist los mit dir *(haha)*, bist du vielleicht...?« Der Hase beherrschte sich und sah sich um, sagte dann leiser: »Bist du etwa ein ängstliches Hühnchen?«

Da wurde der Schildkröt ärgerlich. »Also hör mal, wenn du jetzt andere Gattungen beleidigen mußt, bloß um deine eigene Unsicherheit zu kaschieren...«

»Komm schon, Türschwelle«, höhnte der Hase. »Hast du wirklich Mitleid mit Küken, oder hast du bloß Schiß?«

Immer mehr Tiere hatten sich in der Zwischenzeit versammelt und (um ein weiteres geflügelfeindliches Wort zu verwenden) brüteten darüber, wie die Chancen der beiden standen. Einige hätten es gerne gesehen, daß der Hase endlich einen Denkzettel bekam, andere wollten die selbstgefällige Blasiertheit des Schildkröt bestraft sehen, und wieder andere gehörten zur Sorte hirnloser Fernsehglotzer, die bloß irgendein Programm vorgesetzt haben will.

Da er sich von allen Seiten bedrängt sah, war der Schildkröt hin- und hergerissen zwischen seiner prinzipiellen Ablehnung von Wettkämpfen und dem Bedürfnis, dem Hasen eine Lektion zu erteilen. Schließlich sagte er ohne jede Ironie: »Na schön, rennen wir eben. Und außerdem werd ich auch noch gewinnen, bloß um dir zu beweisen, daß Gewinnen nicht alles ist.«

Die Vorbereitungen für das große Ereignis begannen auf der Stelle. Schildkröt und Hase einigten sich darauf, den Fuchs zum Chef für kinetisches Wohlbefinden und Querfeldein-Schnelligkeits-Wettbewerbe zu machen. Aufgabe des Fuchses war es, Strecke und Dauer des Rennens festzulegen und außerdem die Werbeeinnahmen und Fernsehübertragungsrechte auszuhandeln. Man erwog, neben dem Laufen noch Radfahr- und Schwimmwettkämpfe abzuhalten, beschloß dann aber, das Interesse an solch einem triathlonimalischen Wettbewerb werde nicht so groß sein.

Hase und Schildkröt begannen, ernstlich für den Renntag zu trainieren. Einige unbedarfte Kommentatoren nahmen an, alle Mitglieder der Hasenfamilie seien schnell, dank ihrer genetischen Anlage, ihres geschmeidigen Körperbaus und ihrer gutentwickelten Hüftmuskulatur. Völlig zu Recht verwahrte sich der Hase wider derlei Vorurteile, da sie die zahlreichen Stunden harter Arbeit und Entsagung außer acht ließen, die er aufgebracht hatte. Um sie zu widerlegen, stand sein Trainingslager jederzeit offen für die Medien und seine Fans, die ihm beim Lauftraining zujubelten. Das sorgte auch dafür, daß die beharrlich umlaufenden Gerüchte über Eigenblutdoping und Amphetaminmißbrauch in Grenzen blieben. Der Schildkröt seinerseits bereitete sich auf den Wettkampf dergestalt vor, daß er Kohlehydrate zu sich nahm und Trainingsfilme anschaute.

Als der Rummel um den großen Showdown eskalierte, richtete sich die ganze Aufmerksamkeit der Tiere auf das Rennen. Je nach individuellem Temperament waren die Tiere auf rabiate und fast besessene Art und Weise entweder für den Schildkröt oder für den Hasen. Viele Freundschaften, Ehen und andere bedeutende zwischentierische Beziehungen wurden in den Tagen unmittelbar vor dem Rennen arg strapaziert.

Die Hasenfreaks – in der Regel eher altersmäßig wenig fortgeschrittene Tiere, die sich allein durch Stil, Tempo und Chic beeindrucken ließen – stolzierten in speziell angefertigten T-Shirts herum mit Slogans wie »Häschen hüpf« und »Alle Hasen rasen!«.

Fans von Schildkröt priesen seine Prinzipientreue trotz gewaltiger Nachteile, außerdem seine Selbstironie und die Hinnahme seines alternativen Körperimages. Zum Ausdruck ihrer Unterstützung trugen sie Baseballkappen mit der Aufschrift: »Friß Dreck, Bunny!«

Eine kleine aber lautstarke Nicht-Mehrheit widersetzte sich der Idee, überhaupt Rennen abzuhalten. Sie schrieben Leserbriefe, meldeten sich telefonisch in Radio-Talk-Shows zu Wort und brachten sogar ein Plakat in Umlauf mit dem Text: »RENNEN sind UNGESUND für Zicklein, Fohlen, Kätzchen, Welpen, Küken, Entlein, Schwänchen, Jungadler, Nestlinge, Kälber, Frischlinge, Kitze, Lämmer, Ferkel, Gössel, Kaulquappen und andere Lebewesen.« Ihre Bemühungen blieben jedoch fruchtlos, und bald kam der Tag des großen Rennens.

Die Luft knisterte an jenem Morgen vor Spannung, als die Massen sich um die Startlinie versammelten. Händler waren da und verkauften Säfte und energiereiche Riegel. Promoter waren da und verteilten Telefonkarten, Sportgetränke und Knusperflockenproben, alles geschmückt mit Bildern von Schildkröt und Hase. Nachrichtenleute und Fernsehtechniker waren da, in Schwärmen von antennenbestückten Übertragungswagen, um noch die letzte Einzelheit zu vermarkten und jedes einzelne Bild einzufangen »über die einfachste aller Herausforderungen – das Laufen«.

Kaum jemand bemerkte es, als der Schildkröt eintraf. Er war so unauffällig und genügsam, daß er mühelos mit der Menge verschmolz. Seine heitere Miene gab jedoch einige Rätsel auf, wenn man seine Chancenlosigkeit bedachte.

Wie zu erwarten, konnte man das Eintreffen des Hasen und seiner Entourage nicht als bescheiden oder zurückhaltend bezeichnen. Kaum zu übersehen war die lange schwarze Limousine, die sich langsam durch die Menge schob, und kaum zu überhören das Geschrei, als die Türen sich öffneten und der Hase ausstieg, an jedem Arm ein Model und umringt von vier bulligen Bodyguards (beziehungsweise Tierschutzprofis, wie sie lieber genannt werden wollten). Die unbotmäßigeren Elemente in der Menge versuchten, sich näher an den Hasen heranzudrängen, aber seine muskulöse Verwehrungseinheit wurde mit ihnen fertig.

Der Hase kam zur Startlinie, winkte der Menge zu und zog seinen Aufwärmanzug aus Goldlamé aus. Er nahm einen großen Schluck von dem Sporttrunk, für den er warb, und aß lächelnd eine Handvoll des einzigen von ihm autorisierten Frühstücksmüslis. Dann wandte er sich mit einem drohenden Blick dem Schildkröt zu.

»Ich mach dich so was von fertig, Kröte *(hö)*, daß dir Auf-dem-Rücken-Liegen wie Ferien vorkommen wird.«

Ob der Schildkröt nun einige optisch geforderte

Angehörige der Zuschauermenge beleidigen wollte oder nicht, sei dahingestellt. Er lächelte jedenfalls nur und sagte: »Wir werden sehen.«

Der Starter des Rennens, den man verpflichtet hatte, weder eine Pistole noch ein Geschütz noch das Wort »PENG!« noch sonst eine gewalttätige Aufforderung zum Rennen zu verwenden, hielt mit ausgestrecktem Arm ein rotes Taschentuch, ließ es ein paar Sekunden baumeln und warf es dann elegant zu Boden. Sofort war der Hase weg, mit einem wahren Blitzstart. Der Schildkröt trottete in weit natürlicherem Tempo los und vergaß keinen Augenblick lang, daß die meisten Sportverletzungen von mangelhafter Vorbereitung sowie jähen Starts und Stopps kommen.

Mit jubelnden Massen zu beiden Seiten raste der Hase die Strecke entlang wie ein Wirbelwind. Als er die Stadt verlassen und die Umgegend erreicht hatte, konnte er seinen Gegner längst nicht mehr sehen. So selbstbewußt war er im Vertrauen auf sein Beschleunigungsprärogativ gegenüber dem Schildkröt, daß er beschloß, die Einladung eines Filmteams anzunehmen und sich über seine Empfindungen auf halber Strecke, seine Kindheitserinnerungen und seine Zukunftshoffnungen interviewen zu lassen.

Inzwischen schlenderte der Schildkröt fürbaß. Dabei füllte er sorgsam seine Körperflüssigkeiten auf unter Nutzung der Becher mit isotonischen Getränken, die am Streckenrand bereitgehalten wurden. Bald erreichte er den toten Punkt, den Läufer »die Wand« nennen, aber die Ermunterung durch die Menge und seine eigene Willenskraft halfen ihm, dies zu überwinden und in »die Zone« zu kommen. Das war auch gut so, denn zu diesem Zeitpunkt hatte er sich erst dreißig Meter von der Startlinie entfernt.

Der Hase plauderte charmant mit dem Interviewer über sich, und da er über sein Lieblingsthema redete, verging die Zeit wie im Fluge. Als sie alles im Kasten hatten und der Hase aus dem Ü-Wagen kam, hörte er von der Ziellinie her Jubel aufbranden. Er raste die Strecke hinab, gerührt von der Vorstellung, daß die Menge sich warmbrüllte, um ihn willkommen zu heißen. Aber als er schließlich das Ende erblickte, was sah er da! Den Schildkröt, der die Ziellinie zu überschreiten begann!

Der Hase rannte, so schnell er nur konnte, aber er vermochte den Schildkröt nicht mehr zu überholen und mußte sich damit begnügen, »das Ziel als Fastschnellster erreicht« zu haben. Er begann zu kreischen und hieb die Fäuste auf den Boden, beschwerte sich über die Rennleitung, verlangte die Absetzung des Fuchses, forderte von Schildkröt eine Urinprobe und drohte mit einer Klage wegen entgangener Millioneneinnahmen aus dem Sponsoring. Der Schildkröt lächelte lediglich matt, während er versuchte, wieder zu Atem zu kommen.

Zur Feier des Sieges sammelten sich inzwischen Schildkröt- und Hasenfans, dazu etliche Umstehende und Beiwohnende, und zertrümmerten Schaufenster, plünderten Computer- und Schmuckgeschäfte, stürzten Wagen um und steckten alles in Brand, was sie zu fassen kriegten. Bis die Polizei die Menge mit runderneuerten Gummigeschossen und biologisch abbaubarem Pfeffergas zersprengte, waren bereits siebenundfünfzig Tiere wegen allzu enthusiastischen Feierns festgenommen worden.

Nun ist derlei destruktive Fröhlichkeit schon beklagenswert genug (und zweifellos abhängig von vielerlei sozioökonomischen Einflüssen), doch sollte der schockierendste Teil der Geschichte erst noch kommen. Beide Läufer unterzogen sich einem Urintest, und die Ergebnisse waren nicht gut für den Schildkröt, bei dem die unerlaubte Einnahme von Steroiden nachgewiesen wurde. Der Schildkröt behauptete, es sei dies nichts als die Nachwirkung eines Asthmamittels, aber der Fuchs in seiner Eigenschaft als Chef für Kinetisches Wohlbefinden und Querfeldein-Schnelligkeits-Wettbewerbe war gezwungen, ihn zu disqualifizieren und den Hasen zum »meistschnellsten Finalisten« zu erklären.

Als Reaktion auf diese skandalösen Neuigkeiten sammelten sich sowohl Schildkröt- als auch Hasenfans sowie verschiedene Umstehende und Beiwohnende und zertrümmerten Schaufenster, plünderten Computer- und Schmuckgeschäfte, stürzten Wagen um und steckten alles in Brand, was sie zu fassen kriegten. Diesmal nahm die Polizei hundertfünfzehn Tiere wegen allzu enthusiastischen Feierns fest.

Bald darauf wurde beschlossen, daß Fußläufe, Pfotenrennen, Hufsprints und andere derartige Wettbewerbe lediglich die animalische Bevölkerung aufwiegelten und Emotionen weckten, die der öffentlichen Harmonie nicht zuträglich seien. Der Fuchs reichte seinen Rücktritt ein und wurde sofort zum neuen Leiter für Konstruktive und Kooperative Kinetische Zerstreuungen ernannt. Sein Amt förderte nachdrücklich die Teilnahme an nichtkompetitiven Aktivitäten wie Schnorcheln, Wasserballett und Alle-meine-Entchen (für jedwede Spezies). Ferner setzte er fest, daß jedes Tier, das sich mit seinem oder ihrem Nachbarn in irgendeiner Form von Sport oder Wettbewerb maß, zur Buße mehrere Stunden Gemeinschaftsdienst zu absolvieren habe und Tonaufnahmen anhören müsse, auf denen verschiedene Sportreporter ihre Analyse des großen Rennens zwischen Schildkröt und Hase vortrugen.

Der Gestiefelte Kater

n einem Land, das gar nicht so weit entfernt ist, lebte einmal ein Mann mit seinen drei Söhnen. Als der Vater seine unausweichliche Nicht-Essentialität erreicht hatte, wurde der Besitz unter den Söhnen aufgeteilt. Der Älteste erbte die Ölfirma, der Zweitälteste kriegte die Verlags- und Medienanteile, und der Unälteste bekam einen Kater. Einen Moment lang vergaß der Unälteste die Gesellschaft und Erfüllung, die ein animalischer Gefährte bringen kann, und bat seine Brüder, ihn bloß nicht dazu zu zwingen, das Testament gerichtlich anzufechten.

»Hört mal, Brüder«, sagte er. »Von eurem Anteil am Erbe könnt ihr euren Lebensunterhalt bestreiten. Ich dagegen muß schon viel Glück haben, um aus dem Kater da ein Zuchttier zu machen oder ihn in der Werbung unterzubringen. Zwingt mich bitte nicht dazu, ihn zu Versuchszwecken an eine Kosmetikfirma zu verkaufen, bloß damit ich was von meinem Anteil habe.«

Die Brüder achteten nicht auf ihn, sagten ihm nur, sein Anwalt solle ihre Anwälte anrufen, aber der Kater war offensichtlich verletzt ob dieser flapsigen Bemerkungen. Später schalt er den grausamen, kurzsichtigen Menschen: »Sieht eurer Art wirklich ähnlich, jemanden mit vier Beinen als zur Ausbeutung verfügbaren Rohstoff zu behandeln. Wir sind nicht zu eurer Bereicherung da, Junge, weder materiell noch sonstwie. Ich bin ehrlich so angewidert, daß ich dir jetzt nicht sage, wie ich aus dir eine große, mächtige Person machen wollte.«

Noch mehr als die Tatsache, daß der Kater sprechen konnte, weckten diese Worte das Interesse des ehrgeizigen wiewohl synaptisch unterprivilegierten jungen Mannes. »Ach, Katerchen, mein liebster und innigster Freund, wie wolltest du das denn hinkriegen?«

»Ich glaube, das willst du eigentlich gar nicht wissen. Offensichtlich fehlen dir doch die Voraussicht und Charakterstärke, die zu einer erfolgreichen Karriere im Dienste der Öffentlichkeit unabdingbar sind.«

»Ach, bitte, bitte«, sagte der eifrige junge Mann.

»Ich würde gern in die Politik gehen. Ich tauge ja kaum für etwas anderes, und meine Brüder wären vielleicht imstande, uns mit einer Art Parteispende einen guten Start zu verschaffen.«

Der Kater seufzte. »Ich habe durchaus Mitleid mit jemandem wie dir, einem armen Idioten, der ganz auf sich gestellt ist. Na schön, ich werde dir helfen. Vorab brauche ich aber zwei Dinge: Erstens einen blauen Nadelstreifer – Armani, drunter tu ich's nicht – plus Aktenmappe und reich verzierte Cowboystiefel. Und zweitens das Versprechen, daß du ohne mein vorheriges Okay in der Öffentlichkeit nie auch nur das Geringste sagst.«

Der ersprießlich dreinblickende junge Mann stimmte bereitwillig zu, da er ohnehin nie etwas Bedeutendes oder Originelles zu sagen hatte. Er nahm den Kater mit zu einem schicken Herrenausstatter, um ihn angemessen einkleiden zu lassen. Als das erledigt war, sagte der Kater: »Jetzt geh nach Hause und warte. Üb mal ein bißchen staatsmännisches Auftreten, indem du reitest, ein bißchen Football spielst, deine Memoiren schreibst, so was in der Art.«

»Ich hab aber doch keine Memoiren, die ich schreiben könnte«, wandte der auf ungehobelte Weise hübsche junge Mann ein.

»Ich hab was von *üben* gesagt«, betonte der Kater und drohte mit der Pfote. »Wenn du meinst, du könntest je selber schreiben, haben wir schon ein Problem.« Damit zog der Gestiefelte Kater los, um seine erste Pressekonferenz einzuberufen.

Die Vorwahlen zum Senat waren zu diesem Zeitpunkt nur noch fünf Wochen entfernt, und die Menge der Kandidaten ließ sich kaum noch überblicken. Als der Gestiefelte Kater seine Pressekonferenz abhielt, hatte nur eine Handvoll Reporter Zeit oder Interesse, sie zu besuchen. Das machte nicht viel, da die Konferenz ohnehin sehr kurz sein sollte.

Der Kater ging lediglich aufs Podium und sagte: »Ich gebe hiermit bekannt, daß mein Arbeitgeber in diesem Moment nicht als Kandidat für die Parteinominierungen zu den Senatswahlen zur Verfügung steht. Ich danke Ihnen. Bitte keine Fragen.« Dann ging er.

Und was für eine gewaltige Reaktion das auslöste! Atemlos hechelnde Artikel und Berichte erschienen überall über den unwilligen Kandidaten. Wer war er? Wofür trat er ein? Welche Bedeutung hatte die politische Bewegung, der diese schneidige, jugendlich vitale Figur angehörte? Mit nur ein wenig Manipulation sowie kluger Verwendung verfügbarer Zeit in den Medien schuf der Gestiefelte Kater für seinen menschlichen Gefährten das Image eines Mannes, der zu einem öffentlichen Amt gedrängt wird – und zwar vom Volk selbst, das enttäuscht ist und einen Ritter mit weißer Weste (wiewohl derlei Vorstellungen farbchauvinistisch sind) auf einem großen feurigen Hengst sucht (wiewohl derlei größen- und gattungschauvinistisch ist).

Binnen weniger Wochen, und ohne ein einziges Wort zu sagen, errang der redfordmäßig gutaussehende junge Mann die Parteinominierung für die Senatswahlen!

»Wow! Ich kann's nicht fassen«, sagte der formbare Kandidat. »Ich sollte jetzt wohl besser meine Haltung zu den einzelnen Fragen ausarbeiten.«

»Wenn du das tust, brech ich dir das Genick«, zischte der Kater. »Überlaß mir die Sorge um deine Überzeugungen und deine improvisierten Bemerkungen und deine Spontaneität und alles weitere. Merk dir nur eins: Sag nichts, was nicht von mir kommt.«

Nun begann der Gestiefelte Kater die Wahl seines Brötchengebers in den Senat ernsthaft voranzutreiben. Er veröffentlichte Positionspapiere, die vollkommen inhaltslos, aber vorzüglich zitierbar waren. Er ließ den Kandidaten fotografieren, wie er Fabrikarbeitern, Rentnern und Kunden von Schnellrestaurants die Hand schüttelte. Die beiden forderten den bisherigen Senator zu einer Fernsehdebatte heraus und zogen sich im letzten Moment zurück, wobei sie erklärten, das wäre ja doch nur eine Show, wie »wir sie alle zur Genüge kennen«. Ihr optimistisch einfacher Wahlkampfslogan – »Es ist Zeit für einen Wechsel!« – schien eine Saite bei den optimistisch einfachen Wählern zum Klingen zu bringen.

Während des ganzen Wahlkampfgetöses bemerkte oder kommentierte niemand des Gestiefelten Katers Mangel an bisherigen Leistungsnachweisen. Durch seine gefällige und offenbar aufrichtige Art verführt, bemerkte tatsächlich keiner auch nur, daß er feliner Herkunft war. All das bestätigte lediglich die Bemerkung eines Kommentators: »Im Land der optisch Geforderten ist das monokular begabte Individuum Erster am Trog.«

Der Wahltag rückte näher, mit allem nur erdenklichen Schlammspritzen und Schmutz. Der Kandidat des Gestiefelten Katers jedoch schien dank seines lockeren Selbstvertrauens und des Funkelns in seinen Augen über allem zu schweben. Das mochte daran liegen, daß er immer noch nicht sagen durfte, was er dachte (sofern davon die Rede sein konnte), und zwar egal in welcher Weise, welchem Umfang und welcher Form. Der Gestiefelte Kater andererseits war jederzeit für die Medien erreichbar und hatte immer eine charmante, populistische Anekdote zur Hand oder einen Beweis dafür, daß sich der Gegenkandidat einer Elektroschocktherapie unterzogen hatte, um nicht wieder periodisch jenem Schwachsinn zu verfallen, der ihn den Wunsch empfinden ließ, alle Kriminellen freizulassen und ihnen einen Gutschein über fünfzig Dollar sowie eine automatische Pistole zu schenken.

Als der Wahlkampf in die entscheidende Phase kam und sein im Herzen des Landes geborener und aufgewachsener Kandidat in den Umfragen zurücklag, wußte der Kater, daß es an der Zeit war, die Samthandschuhe auszuziehen. Er berief wieder eine Pressekonferenz ein und verkündete der Presse diesmal: »Unsere Partei verlangt in allen Ehren, daß unser Gegner aus dem Rennen ausscheidet, damit wir nicht öffentlich bekanntmachen müssen, daß wir möglicherweise Beweise gefunden haben könnten, die unseren Gegner vielleicht mit einem experimentellen medizinischen Verfahren der Geschlechtsumwandlung in Verbindung brächten, dem er sich eventuell vor dreiundzwanzig Jahren unterzogen hat, und zwar in einem nicht näher genannten Land in Übersee, wo die Mehrheit der Bevölkerung Schwedisch spricht. Ich danke Ihnen. Keine Fragen, bitte.«

Wie zu erwarten, ließ diese Andeutung den kompletten Wahlkampf kippen. Gerüchte breiteten sich aus über die Art von Beweisen, die der Kater und sein Chef haben oder nicht haben mochten. Ihr Gegenkandidat leugnete wiederholt alle Bezichtigungen – daß er einmal eine Frau gewesen und nun ein Mann sei, daß er noch immer eine Frau, aber nunmehr gefangen sei in einem Männerkörper, oder daß er nun ein in einem Frauenkörper gefangener Mann mit Hang zum Transvestismus sei (wobei an keiner dieser Optionen für einen möglichen Lebensstil etwas Falsches oder Unnatürliches wäre).

Wie üblich trugen eher Emotionen denn Vernunft den Sieg davon, und als am Wahlabend die Stimmen ausgezählt worden waren, hatten der Gestiefelte Kater und sein bodenständiger, strahlender Kandidat mit einem satten Vorsprung gewonnen.

Bei der Siegesfeier nahm der Kater den frisch gewählten Senator beiseite und sagte: »Siehst du? Ich hab dir doch gesagt, ich könnte nützlich für dich sein. Vielleicht bist du jetzt noch nicht so reich wie deine Brüder, aber das kommt bald, und dazu kriegst du noch erheblich mehr Macht, wenn du deine Karten richtig ausspielst. Es wird sogar darüber geredet – ich hab natürlich damit angefangen –, daß du bei den nächsten Präsidentschaftswahlen kandidieren willst, weil die Probleme des Landes zu drängend und deine Ideen zu bedeutend sind, um ewig im Senat zu versauern. Was hältst du davon?«

»O mein kluger, gerissener Kater«, sagte der junge Mann, »ich kann dir niemals genug danken. Bitte nimm meine Abbitte dafür an, daß ich je daran denken konnte, dich an Parfümforscher zu verkaufen.«

»Tu nur das, was ich dir sage«, sagte der Gestiefelte Kater und nippte an seinem Edelwasser. »Statt Heimlicher Kandidat wird man dich dann ... Herr Präsident nennen. So, und jetzt steig besser da oben rauf und halt die Siegesrede, die ich für dich geschrieben habe.«

Der strahlende Politiker tauchte zu Jubel und Beifall in die Menge ein und bahnte sich den Weg zum Podium. »Meiner Familie, meinen Freunden und Helfern«, begann er, »euch allen möchte ich danken für die harte Arbeit und die Hingabe, und besonders gern teile ich euch mit, daß ich eben einen Anruf von meinem Gegner bekommen habe – er gibt sich geschlagen!«

Applaus, Applaus, Applaus!

»Er war ein anständiger Gegner und hat gut gekämpft, aber bei dieser Wahl ging es nicht um bestimmte Themen oder Ideologien, nicht einmal um besondere Fähigkeiten oder Klugheit. Es ging um die schlichte, einfache Botschaft: Es ist Zeit für einen Wechsel!«

Applaus, Applaus, Applaus!

»Und jetzt, wenn ihr gestattet, möchte ich von meinem vorbereiteten Text abweichen.« Aus den Kulissen kam das Geräusch eines berstenden Glases, dazu ein leises, schmerzliches Ächzen. Er fuhr fort: »Ich möchte mich bei einem bedanken, ohne den dieser Sieg nicht möglich gewesen wäre: bei meinem Wahlkampfberater, meinem Vertrauten und, dies sage ich mit Stolz, meinem Kater – Gestiefelter Kater!«

Applaus, Applau ... *Schweigen*.

Hatten sie recht gehört? Dieser kennedyeske junge Mann, ihr lichter, strahlender Ritter, ihre Zukunftshoffnung, hatte den Wahlkampf von seinem *Kater* leiten lassen? Nicht, daß derlei unerhört gewesen wäre – andere nichtmenschliche Tiere hatten jahrelang hohe Ehrenämter bekleidet –, aber warum hatte er das geheimgehalten? Was für ein Mann war er, daß er so eine Information zurückhielt, und was verbarg er sonst noch?

»Kater«, sagte er, »komm zu mir und verbeug dich.«

Der Gestiefelte Kater blieb einfach hinter den Kulissen stehen, schüttelte den Kopf und schlug die Pfoten vors Gesicht. Er hatte ja seine Zweifel gehabt, sich aber nie eingestehen wollen, daß sein Herr zerebral derartig unterkapitalisiert war, daß er bei der eigenen Siegesfeier alles versaute.

Die Leute in der Menge wurden böse, sogar die Katzenfreunde. Sie fühlten sich betrogen, verraten, getäuscht, hintergangen. Sie begannen zu buhen, rissen Fahnen herunter und brachten Ballons zum Platzen. Der neue Senator mußte durch den Notausgang hinter der Bühne fliehen. Er suchte überall nach seinem Kater, aber vergebens. Dann sah er drüben, in einer Ecke, eine Gruppe Reporter und

Kameras zusammengedrängt, und der Gestiefelte Kater stand im Mittelpunkt.

Als der Senator dort angekommen war, wo die Presse sich um den Kater drängte, konnte er nur noch hören, wie sein Kater sagte: »... bei allen entschuldigen, die für diesen Wahlkampf gearbeitet und ihr Vertrauen auf den Kandidaten gesetzt haben, und auch bei euch Leuten von der Presse. Ihr habt gute Arbeit geleistet. Wenn ich gewußt hätte, daß dieser erbärmliche Intrigant so ... labil und ... doppelzüngig ist, dann hätte ich mich nie für seine Kampagne anheuern lassen. Hiermit trete ich von sämtlichen Funktionen in seinem Stab zurück, ehe dem Wahlsystem oder dem Vertrauen der Wählerschaft noch mehr Schaden zugefügt wird. Ich danke Ihnen. Bitte keine Fragen.«

Die Reporter rannten los, um ihre Stories durchzugeben. Der Gestiefelte Kater ging langsam zu seinem früheren Arbeitgeber und sagte: »Wenn du dich bloß an mein Skript gehalten hättest. Viel Glück im Amt – falls du die zweite Auszählung überlebst.«

»Aber ich verstehe das nicht«, sagte der angegriffene Senator. »Hat bisher wirklich keiner gemerkt, daß du ein *Kater* bist?«

Der Kater sah ihm ins Gesicht. »Sagt dir der Begriff ›ruinierte Glaubwürdigkeit‹ irgendwas? Im Prinzip *kümmert* es keinen, ob ich ein Kater bin –

jedenfalls nicht offiziell –, aber jetzt, da dein Gehirn ausgesetzt hat, sieht alles wie große Heimlichtuerei aus. Betrug, Nepotismus, Ausbeutung zwischen den Gattungen – dein Saubermann-Image ist kaputt. Wenn du es ihnen schon unbedingt sagen mußtest, dann wäre eine weinerliche Beichte viel besser gewesen als so eine mißlungene Enthüllung. Das ist das Manipulationsgesetz Nummer hunderteins, aber dein Gehirn arbeitet mit so wenig Saft, daß es dir glatt entgangen ist.«

Der Gestiefelte Kater sagte dem Mann Lebwohl und ging. Er schrieb ein paar Zeitschriftenartikel, in denen er seine Ansicht zu dieser schmierigen Geschichte darlegte, und erhielt danach einen Job als Politexperte im Fernsehen mit Sitz in Washington. Der Senator überstand ganz knapp die unvermeidliche Neuauszählung der Stimmen, aber es blieben Fragen hinsichtlich seiner Urteilskraft zurück, die ihm in den nächsten sechs Jahren jede effektive Arbeit im Amt unmöglich machten. Fast vom Tag seiner Vereidigung an wurde er als bewegungsgehemmtes Wassergeflügel behandelt – etwas, woran der Gestiefelte Kater ihn und den Rest des Landes beinahe jedesmal erinnerte, wenn der Expertenkater auf Sendung ging.

Die schlafende Person von überdurchschnittlicher Attraktivität (alias Dornröschen)

ang, lang ist's her, da lebten einmal ein König und eine Königin, gleichberechtigte Lebensgefährten, die alles miteinander teilten – einschließlich des inbrünstigen Wunsches nach einem Baby. (Das war für den König natürlich viel einfacher zu wünschen, da er niemals die Belastung der Schwangerschaft, die Schmerzen des Gebärens und das Elend nachgeburtlicher Depression würde erleiden müssen. Mit Recht ließe sich sein Wunsch als indirekter denn der ihre bezeichnen.) Aber so oft der König auch seine niedrigeren Instinkte an der Königin ausließ, blieben sie (genauer, blieb sie) doch kinderlos.

Eines Tages, als die Königin in einem nahen Flusse badete, sprang gleich neben ihr ein Frosch auf das Blatt einer Wasserrose. Zu ihrer Verblüffung räusperte sich der Frosch alsbald und begann zu sprechen.

»Es ist zwar kaum eine gute Idee, noch ein menschliches Wesen auf diese Welt zu bringen«, sagte der amphibische Bote. »Aber ich weiß von deinen Empfängnisproblemen und möchte dir helfen. Wenn du meinen Rat befolgst, wirst du bald schwanger sein.«

»Oh, was für eine freudige Nachricht!« trällerte die Königin. »Was muß ich tun?! Was soll ich tun?! Sag's mir!«

»Am besten lebst du ganz natürlich und – liebe Güte, entspann dich endlich! Verschaff dir regelmäßige Bewegung, iß mehr Grünzeug und Körner und streich tierische Fette von deinem Speiseplan. Wenn du später mal eine gute Säugungsberaterin brauchst, kann ich dir eine empfehlen.«

Die Königin tat nun wie vom Frosch geheißen, und beim Ablauf des nächsten vollen Mondzyklus ward ihr Leib kolonisiert vom Samen der ausbeuterischen Monarchie.

Neun Monate später (in Sachen physischer Belastung blieb der Königin nichts erspart) wurde eine gesunde rosige Prä-Frau im Schloß willkommen geheißen. Viele geschlechtsneutrale Namen für sie wurden in Erwägung gezogen, etwa Connor, Tukker und Taylor, die die sexuelle Diskriminierung hätten mindern können, welcher sie im Verlauf ihrer Karriere begegnen mochte (denn wenn sie auch als Prinzessin geboren war, würden ihre Eltern doch niemals ihr künftiges Leben auf gedankenlose Muße und den Genuß von Privilegien beschränken). Nach Gesprächen mit etlichen Imageberatern beschlossen die Eltern, ihr den Namen Rosamunde zu geben.

Der König war ob seiner nunmehr offenkundigen Potenz so glücklich und stolz, daß er befahl, ein gewaltiges Bankett zu richten. Sondergäste kamen aus dem ganzen Königreich und labten sich mit exotischen Früchten, seltenen Gemüsesorten und Vollkornaufläufen (wenngleich niemand die köstliche Plazenta-Paella kosten mochte). Besonders willkommen waren zwölf magisch vollerschlossene Frauen, die im ganzen Lande für ihre Weisheit und ihre Verweigerung der Hegemonie des analytischen westlichen Rationalismus berühmt waren. Nach dem Fest ging jede der Frauen hin zu dem neugeborenen Wesen und sprach einen Segen.

»Möge diese Prä-Frau gesegnet sein mit einem Körperimage, das ihr zur Behaglichkeit gereicht«, sagte die erste.

»Möge sie einen scharfen analytischen Geist besitzen, der auch Raum läßt für Intuition und Inspiration«, sagte die zweite.

»Möge sie begabt in Mathe sein«, sagte die dritte und so weiter bis zur zwölften.

Aber sei es durch ein Versehen, sei es aufgrund von Aberglauben – der König hatte es jedenfalls versäumt, die dreizehnte Angehörige der magischen Schwesternschaft einzuladen. Gedemütigt durch diese Zurücksetzung stahl sie sich in die Versammlung und verbarg sich in einer dunklen Ecke, wo sie ihren Zorn hegte. Als sie es nicht länger ertrug, bahnte sie sich einen Weg mitten in die Menge und ließ ihren Emotionen freien Lauf. »Ihr meint also, mit eurem Segen könnt ihr ein vollkommenes Wesen schaffen? Nicht, solang ich was zu sagen hab!« Sie schritt hinan zur königlichen Wiege und sprach also zur winzigen Rosamunde: »Mögest du aufwachsen im Gedanken, ohne einen Mann nicht vollständig zu sein. Mögest du unrealistische Erwartungen vollkommenen, totalen Glücks in deine Heirat setzen und eine gelangweilte, unzufriedene, unausgefüllte Hausfrau werden!«

Alle im Saal ächzten vor Entsetzen! Wie konnte nur jemand moralisch derart außerhalb des Mainstream sein und einem wehrlosen Kind solch ein furchtbares Los wünschen? Die dreizehnte Frau kicherte auf eine Art, die zufällig ziemlich wahnsinnig war, ignorierte alle Bitten, länger zu bleiben und die Meinungsverschiedenheit auszudiskutieren, und verschwand.

Zum Glück für die kleine Rosamunde hatte die dreizehnte Magierin vor langer Zeit die Gültigkeit empirisch-wissenschaftlichen Denkens verworfen und daher das Zählen verlernt. Die rachsüchtige HexIn bemerkte nicht, daß die *zwölfte* Magierin noch keinen Segen über das Kind gesprochen hatte. Zwar konnte diese weise, gütige Schwester das Getane nicht aufheben, doch vermochte sie die Pein des furchtbaren Fluchs zu lindern. Sie ging hin zur Prä-Erwachsenen und sagte: »Mögest du dir, wenn du eben die Blüte der Pubertät erreichst, den Finger an einem Spinnrocken stechen und hundert Jahre lang schlafen. Danach sind die Männer vielleicht weiter entwickelt, und dein Schmerz bei der Suche nach einem progressiven, aufmunternden Lebensgefährten ist nicht mehr so groß.«

Bei all diesen übernatürlichen Segnungen, Flüchen und Einschränkungen fürchtete der König so sehr um seine Tochter, daß er alle Spinnrocken im Reich zerstören ließ. Da sie nun keinerlei Tuch mehr herstellen konnten, waren die Bewohner des Königreichs gezwungen, neue Möglichkeiten der Wiederverwendung alter Kleider zu ersinnen, was sowohl den übertriebenen Konsum als auch die Belastung der Bodenaushubstätten reduzierte.

Mit den Jahren wuchs Rosamunde zu einer intelligenten, mitfühlenden und sich selbst verwirklichenden jungen Frau heran. Ob sie auch physisch attraktiv war, ist hier ohne jede Bedeutung und hängt ferner völlig ab vom Schönheitsstandard des jeweiligen Betrachters. Außerdem perpetuiert es den Mythos, demzufolge alle Prinzessinnen schön sind und durch ihre Schönheit nach Gutdünken über die Schicksale anderer bestimmen können. Also wollen wir nicht einmal andeuten, daß sie echt ein Leckerbissen war.

Eines Tages, als die Eltern sich zu einem Kurs zurückgezogen hatten, bei dem sie lernen wollten, ihren »inneren Bauern« loszulassen, begann Rosamunde das Schloß zu erforschen. Sie kam zu einer Tür, die sie nie zuvor erblickt hatte. Diese führte zu einer Wendeltreppe hoch in einem Turm. Ganz oben im Turm gab es ein kleines Zimmer, in dem Rosamunde eine chronologisch fortgeschrittene Frau bei emsigem Spinnen antraf.

»Was machst du da?« fragte Rosamunde.

»Ich bin dabei, die Produktionsmittel wiederzugewinnen und meinen Claim hinsichtlich ökonomischen Machtzuwachses abzustecken«, antwortete diese freundlich.

»Sieht aus, als ob es Spaß macht, dabei aber auch noch bildet und bereichert. Darf ich's mal versuchen?« Aber kaum hatte Rosamunde den Rocken berührt, als auch schon ihr Finger arg gestochen wurde. Und ehe sie überlegen konnte, ob Alaun oder Lobelientinktur das bessere Heilmittel für die Wunde sei, fiel sie in einen tiefen Zustand von Nichtweckbarkeit.

Und in dem Augenblick, da Rosamunde einschlief, begannen alle anderen im Schloß in einer begeisternden Solidaritätsbekundung ebenfalls zu schlummern. Der/die UmwelthygienikerIn hörte auf, den Boden zu schrubben, der/die BinneningenieurIn stellte das Staubwischen ein, der/die ReinigerIn beendete das Waschen von Kleidern, und alle schliefen da ein, wo sie gerade waren. Selbst die nichthumanoiden tierischen Einwohner – wiewohl zweifellos nicht gehalten, den Menschen zu gehorchen oder sie zu imitieren – blieben stehen, wo sie gerade waren, und dösten ein.

Rings um das Schloß kehrte die nunmehr unberührte Landschaft zu ihrer natürlichen Wildheit zurück. Während die SchloßbewohnerInnen schliefen, wuchsen Dornbüsche Jahr um Jahr immer dichter, so daß sie bald schon den Zugang zum Schloß versperrten und es schließlich völlig der Sicht entzogen. Dieser pulsierende neue Biodistrikt wäre unbehelligt geblieben, hätte es da nicht in den umliegenden Königreichen Männer gegeben, deren Wesen lüstern und destruktiv war. Zahllose Legenden wurden über das Schloß und die darin schlummernde Prinzessin verbreitet – die in den Wunschtraumgeschichten, die die Männer erzählten, nun zur unübertrefflichen Schönheit geworden war. In Aufwallungen von Hybris und Testosteron suchten viele junge Prinzen das dornige Ökosystem zu stören und die Prinzessin aufzuwecken, als ob sie nur eine Aufziehpuppe wäre, die auf den Mann mit dem richtigen Schlüssel wartet. Aber kaum hatten diese abenteuernden Narren sich einen Weg durch die Vegetation gebahnt, als sich auch schon die Dornbüsche dicht um sie herum schlossen und die Männer gefangenhielten, bis sie zur Erde heimkehrten, der sie entstammten.

Dann ritt nach hundert Jahren durch diese Gegend ein weiterer Prinz (und, bitte, nicht fragen, wie bezaubernd der nun wieder war). Er hatte von dem umweltfreundlichen Schloß und seinen entspannungsaktiven Bewohnern gehört und war gefesselt von der Vorstellung eines derart friedlich in sich ruhenden Orts. Er stieg von seinem zuverlässigen Pferdegefährten und trat vor die dichte Hecke. Mit zweierlei Knirschen und Rascheln öffnete sie sich, ihn durchzulassen, und so wanderte er durchs grüne Portal.

Ins Schloß gelangt, staunte der Prinz ob der Stille, die ihn umgab. Alle Menschen, alle Tiere, alle Vögel – selbst das Feuer im Herd – waren vollkommen bewegungsfrei. Verblüfft ob dieser Selbstbeherrschung glaubte der Prinz, er sei unversehens in ein erstklassiges Meditationscenter geraten, und er frohlockte, denn er war ein Pilger auf der Suche nach persönlicher Vervollkommnung und Transzendenz hin zur absoluten Realität. Er begann, das

Gelände nach Einrichtungen abzusuchen, wo man/frau seelisch auftanken konnte, fand dabei die Tür zum Turm und stieg die Treppen hinauf.

Als er die Tür zu Rosamundes Zimmer öffnete und sie dort liegen sah, da staunte der Prinz über ihre Heiterkeit und Haltung. Sofort begriff er, daß sie verantwortlich war für die Verzauberung des Schlosses. In seinem Eifer, von einer so ehrwürdigen Meisterin zu lernen, berührte er ihren Arm, dann tätschelte er sie, dann stupste er sie, dann schüttelte er sie, dann rüttelte er sie. »Sie ist so tief in meditativer Trance«, sagte er, »daß die Außenwelt für sie keinerlei Bedeutung mehr hat. Ach, dieser Lehrerin muß ich nachfolgen!« Um seine Ehrfurcht zu bezeugen, kroch er zum Fußende ihrer Pritsche, küßte ihren in einem feinen Pantoffel steckenden Fuß und begab sich in den Lotossitz.

Sogleich begann Rosamunde sich zu regen. Sie hustete und schmatzte zahllose Male mit den Lippen und versuchte, den hundertjährigen Morgenmundgeruch loszuwerden. Sie richtete sich auf und sah die Gestalt am Fußende der Pritsche sitzen, und alsbald veränderte sich etwas in ihr. Rosamundes gesamte Unabhängigkeit, Erziehung und ihre bisherige persönliche Reife fielen von ihr ab wie ein Umhang, und sie taumelte wie ein Starlet in einem billigen Melodram. »Mein Prinz, du hast mich erweckt!« zirpte sie.

Der Prinz war wie vom Donner gerührt. Ihm war nicht klar, was er da angerichtet hatte, und er fand kaum genug Luft, um zu sagen: »Ach, ich bitte um Vergebung, Meisterin. Ich wollte keineswegs deine Meditation stören. Ich suche lediglich Anleitung durch dich ...«

»Aber ich bin doch nicht deine Lehrerin«, kicherte sie. »Ich bin deine Prinzessin, und du bist gekommen, um mich von alledem hier wegzuholen, mich zu deiner Frau zu nehmen, in ein großes Schloß mit weißem Staketenzaun zu bringen und mich bis an mein seliges Ende glücklich zu machen!«

»Dich wegholen? Aus diesem Paradies, diesem Utopia? Aber dein ganzes Schloß ist ein riesiger Strudel positiver Energie, der perfekte Ort, um das Bewußtsein zu erweitern und das individuelle Nirwana zu erreichen.«

»Was redest du da? Komm und küß mich!«

»Dich küssen?« fragte er mit reichlich enttäuschter Stimme. »O meine Lehrerin, wie furchtbar fleischlich! Du hältst mich wohl der Erleuchtung nicht für würdig.«

»Aber du bist der einzige Mann, der überhaupt herkommen und den Zauberbann brechen konnte«, rief sie. »Wir sind füreinander bestimmt.«

»Meisterin, du müßtest wissen, daß es so etwas wie Vorbestimmung nicht gibt«, korrigierte der Prinz, »nur unser jeweiliges Schicksal und, wenn wir Glück haben, hier und da ein wenig Synchronizität.«

»Benutz doch nicht so schwierige Ausdrücke«, schmollte Rosamunde. »Bist du denn nicht hergekommen, um mich zu heiraten und zu einer erfüllten Frau zu machen?«

Der Prinz dachte einen Moment nach und schaute dann wie von Panik ergriffen drein. »Meisterin, bitte! Deine Rätsel sind zu schwer für einen Neuling wie mich. Hab Geduld mit mir, bitte.«

»Hundert Jahre Geduld reichen«, beharrte sie. »Schlimm genug, daß keiner meiner Freunde noch lebt und zur Hochzeit kommen kann, aber zu alledem krieg ich noch einen Prinzen ab, der nicht physisch, sondern bloß metaphysisch ranwill.«

Der Prinz blickte nun völlig ratlos drein. Dies war eindeutig nicht die Art, in der er sich die Begegnung mit einem/einer erhabenen LehrerIn vorgestellt hatte. »Ich weiß nicht, was du davon hältst«, sagte er mit einem Seufzer, »aber ich hätte jetzt wirklich nichts gegen einen netten entspannenden Darmtee.«

Die frustrierte Rosamunde flehte den Prinzen an, ihr Gemahl zu werden, aber all ihre Tränen, Versprechungen und Drohungen konnten ihn nicht dazu bewegen. Der Prinz, der Berührung eher mit seinen eigenen als mit ihren Emotionen suchte, bettelte weiter um ihr Wissen und ihre Einsichten (die eher kärglich waren – verständlicherweise, trotz ihrer einhundertsechzehn Jahre auf diesem Planeten). Durch ihre Diskussion blieben sie bis spät nachts auf. Dies tat auch der Rest des Schlosses nach solch einem monumentalen Nickerchen. Und mit diesem tristen Patt gingen die Prophezeiungen sowohl der zwölften als auch der dreizehnten magischen Schwester in Erfüllung.

Die Citymaus und die Vorstadtmaus

Ein Mäuserich aus der Vorstadt hatte einen alten Freund, der in der City lebte. Eines Tages lud er seinen Freund ein, ihn zu besuchen. Der Citymäuserich nahm die Einladung gern an, da er seinen Kumpel wiedersehen und zur Abwechslung ein bißchen Grün mitkriegen wollte. Am verabredeten Tag ging er deshalb zum zentralen Abfertigungspunkt des Massentransportsystems und nahm einen Zug hinaus ans Streckenende.

Bei seiner Ankunft im Vorort begann der Citymauser nach dem Haus seines Freundes zu suchen. Natürlich war er an durchnumerierte Straßen gewöhnt und verirrte sich bald zwischen weitläufigen Rasenflächen, Straßenbiegungen und Sackgassen.

Nachdem er mehrere Stunden lang zwischen Valley Dales und Dally Vales, Nettle Brooks und Breton Nooks herumgesucht hatte, fand er schließlich durch reines Glück den Wohnsitz seines alten Freundes.

Der Vorstadtmauser hatte sich gewaltige Mühe gegeben, diesen Besuch denkwürdig zu machen. Er hatte sogar ein großes Blumengesteck gekauft, das zu den Servietten und Sets auf dem Tisch paßte. Für seinen Gast hatte er ein umfängliches Festmahl vorbereitet – Makkaroni und Käse, süßen Mais mit Sahne, sogar leckeren Salat mit Mandarinenstückchen. Der Stadtmauser aß von allem ein bißchen, konnte aber seine Geringschätzung für derlei simple Kost kaum verhehlen. Auch ging ihm die unnatürliche Stille langsam auf die Nerven. Er hörte kein Geräusch außer dem Klicken von Rasensprengern und dem fernen Röhren von Rasenmähern. Nach dem Essen kredenzte der Vorortmauser dem Citymauser ein alkoholfreies kalorienreduziertes Bier und schlug vor, zum Zeitvertreib ein bißchen über die Fernsehkanäle zu surfen.

Der Citymauser sagte: »Mein Freund, das Leben ist zu kurz für diese Art von Leben. Sieh dich doch selber an! Dein Essen ist öde, deine Unterhaltung ist blöde, sogar deine Frisur flappt fünfzehn Jahre hinter der Zeit her.«

Der Vorortmauser war ganz erschrocken, vor

allem über den Kommentar zu seiner Frisur. »Lieber Himmel, was soll ich denn tun?«

»Komm mich nächste Woche in der City besuchen«, war die Antwort, »dann ziehen wir uns mehr aufregende Dinge rein, als du dir je erträumt hast. Ich zeig dir, welches Leben zu einer ordentlichen jungen Maus paßt!«

So machte sich denn in der nächsten Woche der Vorortmauser in die City auf. Er kam ein bißchen spät, denn er brauchte zweieinhalb Stunden, um einen Parkplatz zu finden. Als er aus dem Wagen stieg, wurde er von jemandem, der sich außerhalb der herrschenden kapitalistischen Paradigmata am Leben erhielt, um einen finanziellen Beitrag gebeten. Die heftige Sprache und das kompromißlos natürliche Aroma dieses Straßenbürgers erschreckten den Vorortmauser, der rücklings in die Gosse purzelte. Als er sich aus dem Dreck aufgerappelt hatte, begannen ihn zwei Polizeibeamte zu schikanieren wegen »Einmischung in die innere Lebensqualität« der Gegend, und sie fragten, ob er denn wohl die Güte besäße, nicht abermals seine blöde Visage hier vorzuführen, widrigenfalls er sich eine geharnischte Portion Ärger zuzöge. Der Vorortmauser nahm, klug beraten, ihre Empfehlungen an und trollte sich. Einen halben Block entfernt vom Apartment seines Freundes wurde der Besucher von einem früheren Klienten des Rehabilitationssystems aufgehalten, der Uhr und Brieftasche des Mausers freisetzte. Als Gegenleistung bot er liebenswürdig an, ihn in einem Stück weggehen zu lassen.

Erschüttert und verwirrt erreichte der Vorortmauser endlich das Gebäude, in dem sein Freund wohnte. Kaum war er dort angelangt, kam der Citymauser auch schon die Eingangstreppe herabgelaufen.

»Wo steckst du denn bloß? Komm schon, wir kommen zu spät. Ich hab uns 'nen Tisch reserviert.«

»Aber«, quiekte er atemlos, die Pfote aufs Herz gelegt, »ich bin gerade eben zusammengeschlagen und ...«

»Ach, machdirnixdraus!«

Und die beiden eilten zum Essen. Der Citymauser hatte ein neues, exklusives Restaurant ausgewählt, das jamaikanische und tibetische *cuisine* höchst originell kombinierte. Vor dem Restaurant standen die Gäste Schlange, aber für Mäuse gab es einen privaten Speisebereich in der zur Küche führenden Gasse. Sie ergötzten sich an Resten der feinsten und teuersten Köstlichkeiten in der ganzen Stadt. Der Vorortmauser hätte keine der Speisen beim Namen nennen (und überdies keinen der Namen aussprechen) können, aber alles mundete ihm ganz ausgezeichnet. Die durchlebte Mühsal rückte in den Hintergrund, wie er da neben seinem Freund hungrig mampfte. Danach verdrückten sie sich, um woanders Cappuccino und Grappa zu sich zu nehmen.

Der Vorortmauser war wie betäubt und verzaubert von dem vielfältigen Treiben ringsumher – all das Kreischen und Lachen, hupende Autos, laute Musik. Der Abend in der City schien noch pulsierender und lebhafter zu sein als der Tag in den Vororten. Ein weitläufiges, wunderbares Panorama, von dessen Existenz er nie etwas geahnt hatte, entfaltete sich vor ihm in betäubendem Tempo.

Auf dem Heimweg (vor dem Laden für tropische Haustiere und runderneuerte Reifen) versuchten zwei unlizensierte SexarbeiterInnen sie in ein Gespräch zu verwickeln. »He, Jungs, wie wär's denn mit einer kleinen Transaktion auf dem Sektor ›Persönliche Dienstleistungen‹?« sagte eine mit erfrischender Offenheit hinsichtlich des wahren Charakters aller männlich-weiblichen Beziehungen.

Der Vorortmauser fand dies alles wundersam lebendig und authentisch und begann die SexversorgerInnen danach zu befragen, wo sie denn bloß ihre Stiefel kauften. Der Citymauser, der keinerlei Aufsehen wollte, packte seinen Freund am Arm und zerrte ihn einfach mit sich. Sie hatten eben den Rund-um-die-Uhr-Kopierladen samt Ehehygienedepot passiert, als ein Mann sich an sie drängte und versuchte, ihnen ein paar Armbanduhren zu verkaufen. Der Vorortmauser fand eine der Uhren merkwürdig vertraut, aber noch immer gingen sie weiter. Auf der Straße schließlich, wo er sein Rohstoffe saufendes, die Luft verpestendes Automobil geparkt hatte, entdeckte er keine Spur davon.

»Das... das ist bestimmt abgeschleppt worden...« stammelte er.

»Ach, machdirnixdraus!«

Fünf Etagen höher, im Apartment des Citymausers, tranken sie als *nightcap* ein bißchen Armagnac. Der Citymauser sagte: »Siehst du, wieviel Action du verpaßt, wenn du so jottwedeh hinter dem Mond lebst?«

»Ja, tu ich, tu ich«, sagte der Vorortmauser ganz ernst. »All das hat mir wirklich die Augen geöffnet. Das Leben hier bietet so viele Möglichkeiten! Für so einen tollen Abend kann ich dir niemals ausreichend danken!«

»Ach, machdirnixdraus!«

»Nein, das ist wirklich ein Schlüsselerlebnis gewesen«, sagte der Vorortmauser. »Ich fühl mich so lebendig! Ich fühl mich, als wär das Leben ein gewaltiges Broadway-Musical, und ich hätte die Chance, die Hauptrolle zu spielen. Dieser Abend hat mir geholfen, Dinge zu akzeptieren, die ich nie akzeptiert habe. Und ich bin dir so dankbar, daß ich will, daß du es als erster erfährst. Ich... will mich häuten.«

»Du willst was?« sagte der Citymauser.

»Häuten oder hauten, oder wie immer das heißt. Ich fühle mich zu anderen Mäusen hingezogen.«

»Tja, das ist doch in Ordnung; immerhin bist du ja selber ein Mauser, oder?«

»Nein«, sagte der Vorortmauser. »Ich meine outen, nicht hauten. Ich fühle mich zu Mausern hingezogen.«

Nach einer winzigen Pause rief der Citymauser aus: »Das ist ja toll! Danke, daß du mich daran hast teilhaben lassen. Ist ja nicht gerade mein Käse, weißt du, aber ich billige es zutiefst, daß du dein eigentliches Ich akzeptierst. Wenn ich dir irgendwie helfen kann – helfen ganz *allgemein* gesprochen, meine ich –, dann laß es mich bitte sofort wissen.«

»Da du es erwähnst«, sagte der Vorortmauser, »ob du mich wohl hier bei dir wohnen lassen könntest, bis ich mein Loch draußen im Vorort verkauft habe?«

Zwar hatte der Citymauser wirklich nicht viel Platz – aber was hätte er sonst tun sollen, als seinen Freund willkommen zu heißen und ihm beim Aufbruch in das neue Leben zu helfen? Hin und wieder rappelte es im Karton, beispielsweise als der Citymauser ein paar der Judy-Garland-Platten seines Freundes zerkratzte, aber insgesamt ging alles glatt. Nach ein paar Monaten fand der Ex-Vorortmauser eine passende Behausung im Zentrum, dazu viele neue Freunde und Interessen. Und jedes Jahr zur großen Halloween-Parade trafen sich Citymaus und Ex-Vorortmaus und feierten, daß wieder ein Leben aus den Fesseln der monotonen Mittelstandskonformität befreit worden war.